國家圖書館出版品預行編目資料

綠窗寄語／謝冰瑩著.——六版一刷.——臺北市：三民，2008
面；　公分.——(人文叢書.文學類9)

ISBN 978-957-14-5011-7　(平裝)

855　　　97003513

© 綠窗寄語

著作人	謝冰瑩
發行人	劉振強
著作財產權人	三民書局股份有限公司
發行所	三民書局股份有限公司 地址　臺北市復興北路386號 電話　(02)25006600 郵撥帳號　0009998-5
門市部	(復北店) 臺北市復興北路386號 (重南店) 臺北市重慶南路一段61號
出版日期	初版一刷　1971年11月 六版一刷　2008年3月
編號	S 850510
定價	新臺幣120元

行政院新聞局登記證局版臺業字第〇二〇〇號

ISBN 978-957-14-5011-7　(平裝)

http://www.sanmin.com.tw　三民網路書店

再版說明

謝冰瑩女士是當代公認的文學大家，擅長小說與散文，寫作風格細膩真摯、忠於自己，所以能深深地感動他人。生長於書香之家的她，礙於當時民風保守，以及重男輕女的傳統觀念，使母親反對她在讀完私塾之後繼續升學。當時年紀輕輕的謝女士不惜絕食三日三夜，以性命爭取進一步求知的機會，足見她性格的剛烈。十二歲進入大同女校後，在思想上逐漸得到解放與啟發，後來在二哥的鼓勵下，毅然決然地投筆從戎，參與北伐。戰事結束回鄉後，因不願接受父母在她三歲時為她訂下的婚約，半年之中逃家三次，都沒能成功。最後是藉著受聘到學校當教師的機會，離開夫家，並在報紙上刊登離婚啟事，解除婚約，追求自由和愛情。（見《女兵自傳》）青年時期曾兩度赴日本留學，卻因被控「抗日反滿」罪名而遭到逮捕，在獄中雖受盡腦刑、指刑等酷刑摧殘，但寧死不屈，並勇敢指控日本帝國主義罪行，愛國情操強烈。（見《我在日本》）在抗戰期間，曾組織「湖南婦女戰地服務團」，除了負起服務受傷將士的責任之外，也利用文字向戰區後方報導前線消息，記錄下一段段血淚交織的悲壯史詩。（見《抗戰日記》）

《綠窗寄語》是謝女士與讀者、朋友間的書信，她憑著豐富的人生閱歷，用認真且關愛的態度來回答每個疑問，文字淺顯，不使用花俏的寫作技巧，取而代之的是既實用且讓人感到溫暖的悉心開導。書信體的呈現方式，讀來就像和作者當面聊天般的自在愜意，讓人倍感親切。

在書信探討的主題方面，有指引青年人出路的，有解析愛情的，有論述寫作技巧的，有簡單的書評，也有與已婚婦女的交心，種類五花八門，涵蓋範圍很廣，其中大多可反映出寫作當時的社會風氣與時代背景。這些文字從寫成到現在雖然已過了很多年，但在每篇經驗談與獨到見解之中，仍充滿著歷久彌新的金玉良言，可讓今日的讀者細細品味。

本書原收錄在「三民文庫」中，因舊版的開本、字體較小，此次再版，我們將版面重新設計編排，相信對於讀者在閱讀的便利、舒適上有很大幫助。也期盼藉著再版，將謝女士對讀者們的關懷，綿綿不斷地流傳下去。

三民書局編輯委員會　謹識

新版序

自從《綠窗寄語》絕版以後，曾接到許多青年男女讀者來信，他們詢問為什麼各書店都買不到這本書？為什麼不再版？

有時我也真想重新修改一遍，使它三版問世；可是覺得過去的文章，就讓它過去好了，等有了新的作品以後再出書吧；這樣，一拖就是十幾年。

這是一個偶然的機會，吳光華校友，在東海中學擔任教務主任，兩年前，他請我去他的學校講演，該校的汪祖華校長，又是留日的老學長，講演完後，我們隨便談到學校辦刊物的問題，他們兩位很有興趣，並且不久就發行《東海青年》創刊號，來信囑我每期給他們來一篇專欄，限定字數在千字左右，內容是有關讀書、寫作與做人方面的。

除了自己編報紙副刊和文藝刊物，寫過方塊文章而外，已經有二十多年，不彈此調了，這時我想推辭；但光華逼稿的本領，是相當大的，不是騎了摩托車，親自來討債，便是一天兩次電話，逼得我不能不寫，這就是從〈談立志〉開始以後的《綠窗寄語》，繼續寫下去的原因。

現代的青年，有許多苦悶，最重要的是出路與戀愛問題；所以在這兩方面，我談得比較多。老實說，他們的所謂苦悶，有許多是無病呻吟的，只要放開眼界一看，社會上有多少不如我們處境的人？有多少在艱難困苦中奮鬥成功的人？便知道自己實在是太幸福了；尤其在祖國遭遇到空前困難的時候，青年朋友們更應該時時刻刻想到怎樣敦品、勵學，做一個頂天立地，力挽狂瀾的民族戰士？

朋友，這本小書呈現在你面前的時候，希望你像和我對面地聊天一般，請你不客氣地把你的寶貴意見告訴我，讓我知道我們之間是否有相同的思想和感情？

本書的前半部，完全是過去的《綠窗寄語》，後半部是新寫的。

朋友，對著這無邊無際，海天一色的太平洋，我祝福你們前程萬里，永遠健康！

民國六十年八月二十六日於復旦輪

原序

遠在六年前，武月卿女士主編《中央日報‧婦女與家庭週刊》的時候，她向我索稿，希望我寫一些有連續性的東西給她；於是我開始用潛齋書簡的體裁，給她寫短篇文字。信中的主角，有的是我的朋友，有的是和我通過信的讀者，她們不以我的文字草率拙劣見棄，反而源源不斷地給我來信，詢問許多有關讀書與寫作、戀愛和結婚的問題。記得當第十封信〈和女孩子們談寫作〉（這是編者改的題目）發表的當天下午，我就接到方常馥先生在火車站寫的信，他的熱情實在太使我感動了；在一個月之間，我收到了一百二十七封信，每封信都經過我再三看過，有的我直接回信，有的我想公開答覆；誰知後來編者到蘇澳養病去了，我寄出那篇〈關於十個問題的答案〉，始終沒有發表，（後來改登《火炬月刊》）使我失信於讀者，這是我有生以來做了一件有頭無尾的事，至今引為遺憾；好在此次出版這本小冊子，使我能向六年前的讀者有個交代，心裡比較輕鬆多了。

去年八月，友人姚葳女士主編《今日婦女》，她也希望我每期能寫一篇關於介紹名著或者和女青年討論寫作的文章給她，於是我又開始寫《綠窗寄語》，可恨為了忙，只寫到第十封又停止了；但我並不灰心，仍然想繼續寫下去。

為了朋友們的鼓勵，要我將幾年來和讀者們通的信整理出版；在靜修院我整整花了十天功夫，把四十多篇短文重看了一遍，覺得太平淡了，於是燒掉了一半，剩下這二十二篇，做為我和青年朋友們通信的紀念。

也許是因為我的心永遠年輕的緣故，許多男女青年都喜歡和我通信，討論問題；有好幾位女青年，為了讀書、就業和戀愛的問題感到非常苦惱，常來找我商談，我說：「你們的遭遇我可以拿來做寫作材料嗎？」「只要不發表我們的名字，非常歡迎。」她們天真地回答我。

朋友，在這本小冊子裡面，沒有高深的理論，也沒有美麗的辭藻，有的是忠實的報導，真摯的友情，和我一點讀書的心得以及對於戀愛的看法。說不定有人要說我的思想是不合時代的；但我是根據許多人的經驗，寫成了〈戀愛與結婚〉，雖然那是八年前在北平寫的，今天也許還有重讀一遍的價值吧？

最後，祝福親愛的讀者們，各人都有一個光明燦爛的前途！

謝冰瑩　四十四年八月十一日寫於潛齋

綠窗寄語

和女青年們談寫作

萍、慧、漢諸位朋友：

真對不住，你們的信收到很久了，我因太忙，直到今天才回信，你們也許會原諒我；但我的心裡總覺得對不住你們。

關於怎樣寫作？要讀什麼書才能對寫作有幫助？這一類問題，已經有很多位青年朋友向我問過；尤其是武裝同志的信特別多，在這裡，我先做一個簡單的答覆，以後有功夫我們再繼續討論。

你們的來信有一個共同點，便是都埋怨自己沒有文學天才，自己的文章老寫不好。我是個相信每人都有天才的人，不過有大小不同的區別而已；我又相信不論一個什麼發明，或者一件事業的成功，只要有一分天才，加上九分努力，他便可以成功，現在我提出十個簡單的問題，請你們答覆我：

一、你從什麼時候開始對文藝發生興趣？第一部引起你興趣的作品是什麼？

二、你曾寫過多少篇文章？大約有多少字？

三、你知道自己的文章毛病在什麼地方？你喜歡修改自己的文章嗎？

四、你喜歡把寫好的文章送給朋友看，或者唸給他們聽嗎？你肯虛心接受別人的批評嗎？

五、你在寫作之前，曾費了很多時間思索嗎？你是先把題材在腦海裡打好了底稿才動筆寫的嗎？

六、這個題材是你最熟悉的嗎？如果你想寫一篇小說，是先構思故事，然後去找人物；還是先有人物，再去編一個故事呢？

七、寫這篇文章的動機，是為了心裡有許多話不寫出來就不痛快，還是為了練習自己的文章，或者是為了投稿想拿幾個稿費呢？

八、如果你把一篇文章投給某個編輯，一連好幾次都不見發表，你是灰心呢？還是再接再厲地繼續寫下去呢？

九、中國和外國的文學名著，你看過的有那些？你從他們的作品裡得到了一些什麼啟示？

十、你在每次提筆寫作的時候，最感困難的是什麼？是缺少材料？是辭不達意？還是沒有勇氣？

這十個問題，任何愛好文藝的朋友，都可以回答我，從發表這封信起一個月以後，我將所有來信的答案做一個統計，然後分別地答覆。

根據我自己的寫作經驗，我在沒有讀過一本關於寫作理論的書以前，我就開始投稿，第一篇〈剎那的印象〉，是描寫我在一位同鄉家裡看到了一個小丫頭，那是一位師長太太買了她來想將來把她升為姨太太的。我因受了刺激，飯也吃不下，就回來寫了千字左右的文章寄給長沙的《大公報》副刊，第三天就登出來了；而且登在第一篇。那時我真比叫化子拾到了一袋黃金還要快樂，我深怕同學笑我，又恨不得讓每個同學都知道這是我寫的文章；第二篇，我寫了〈小鴿子之死〉，這是上生物學時，老師要我們四人一組解剖鴿子，我看到那隻羽毛潔白的活生生的小鴿子給殘忍的同學把牠殺死了，我突然感到傷心；我不能再看到她們拔下毛，剖開牠的胸膛，把五臟掏出來一一加以研究，我也不知這是一種什麼感情，驅使我回到教室去，立刻又完成了一篇短文。後來教生物學的老師質問我為什麼不解剖，我含著眼淚回答他：「我難過。」一位同學在旁邊譏笑我：「她是詩人，有惻隱之心。」我也勉強回答一句：「自然囉，惻隱之心，人皆有之。」

從此，不知不覺地我對文學入了迷，整天看小說，隨便有點什麼感觸，就想寫下來；從此我和文學結了不解之緣。

怎樣寫作，我以為這是個簡單的問題，只要你的文字寫通順了，你腦海裡貯滿了寫作題材，你有寫作的衝動，那麼你隨時都可以寫，不要把它看得太難、太嚴重，寫了不必一定要發表，更不必想要成為什麼作家；只要文章寫好了，你就得著了莫大的快樂和安慰，作家不作家，我想根本不值得我們放在心裡的。

因此，我以為第一個值得你們注意的問題，還是文字熟練的問題，你們如能暢所欲言，下筆千言，那麼寫起文章來就不會感到困難；否則，你就更應該多讀多寫。

朋友，這樣的回答，我知道你不會滿意的，那麼，等你們的回信來了之後，我們再談吧。

關於十個問題的答案

自從五月二十三日我那篇短文〈和女青年們談寫作〉在〈婦女與家庭〉發表以來，到今天整整三個月了，起初是因為師院學期考試閱卷忙，放假後，我和孩子都相繼生病，接著又是學校考新生，閱卷忙，直到今天才讓我把那次的結果做一個有系統的報告，雖然在時間上慢了一點；然而我相信朋友們都會原諒我的。

從五月二十四到六月二十五，一共收到一百二十七封信，關於那十個問題的答案，以後也還有陸續寄來的，我都按照收到的日期一紮一紮用繩子綑著好好地珍藏在我的箱子裡，以做為這次通信的紀念。

首先我要向這一百多位讀者致謝，在那麼炎熱的氣候裡，承你們分出寶貴的時間來寫那麼詳細的信，從自己幼年時代開始愛好文藝起，一直寫到現在的生活，現在的創作情形，以及對於寫作的心得都盡量坦白地告訴了我，使我得到了不少益處；使我對未來中國的文壇，發現了比目前更燦爛、更光明的前途。

在這些無名英雄，未來的作家手跡裡面，我看到了他們的熱情與忠誠，他們把文學看做第二生命，從讀過的作品裡，深深地了解了文學是至高無上的藝術，她能陶冶性靈，啟示人生，養成正確的人生觀，使失敗者不灰心，再接再厲地奮鬥；她能反映現實，深入民間，領導青年走上真善美之路……這就是他們對於第九題的第二個答案。

現在我再報告一點統計的結果：在一百二十七封信中，我以一百封先做一個統計：在性別一項，男性六十人，女性十三人，不明性別的二十七人；至於職業，陸軍四十二人，海空軍各兩人，公務員四人，主婦一人，女生四人，中學男生五人，大學生兩人，小學教師一人，攤販一人，不明職業者三十八人。

關於第一題——你從什麼時候開始對文藝發生興趣的答案是：一、小學時代十九人，初中時代十五人，中學時代六人，高中時代一人，十歲至二十歲十六人，幾年前十三人，近來才發生興趣者二人，記不清楚什麼時候的二十八人；由此可見文學力量感人最深的是人生的幼年和少年時代，也證明了只有感情豐富熱烈的人，才能對文學發生莫大的興趣。

二、你曾經寫過多少篇文章？答十餘篇至二十餘篇者各八人，兩百篇至四百篇左右者各二人，從未寫過者一人；至於字數五萬字左右者三人，二至三萬字者六人，六十萬字者一人，每篇字數，一千字以下者十一人，二千字以下者五人，六千字以下者一人。

三、知道自己文章毛病者五十人，不知道者二十八人，有時知道，有時不知道者三十人，喜歡修改自己文章的五十八人，不喜歡修改的十六人，有時喜歡，有時不喜歡修改的二人。

四、喜歡把自己寫的文章送給朋友看的五十七人，不喜歡的二十一人，肯虛心接受別人批評的六十一人，不肯接受的兩人。

五、在寫作之前費很多時間思索的三十五人，不思索的十五人，略思索的十四人，有時思索，有時不思索的三人；寫作時打腹稿的二十八人，不打腹稿的十七人，有時打，有時不打的一人。

六、題材為作者所熟悉的三十一人，不熟悉的七人，有時熟悉，有時不熟悉的六人；寫小說時，先有故事後有人物的二十八人，先有人物後有故事的十三人，人物故事同時有的三人。

七、寫文章的動機為了心裡有許多話不寫出來不痛快，與為了練習寫作者各三十一人；因感情衝動，同時想練習寫作者二十一人；想做文學家者四人；想出風頭者一人；勉強擠出者一人。

八、投稿不見發表因而灰心者九人，起初灰心，過幾天就好者七人，感到痛苦者一人，決不灰心，仍舊繼續投稿者五十一人。

九、寫作時感到缺乏材料的三十三人，辭不達意的四十一人，沒有勇氣的十二人，文思紊亂的四人，寫小說感到起頭難的三人。

看了諸位熱心文藝的青年朋友們來信以後，我有三點感想：第一，凡是書看得愈多的，他們的文字也愈流暢，他們的態度也愈誠懇。

第二，他們感到最苦痛的是找不到書看；而且也不知道那些書應該看，那些書不應該看，這是一個值得大家注意的問題；如果報紙雜誌上專闢一欄介紹中外名著，我想這一定比散文小說還要受到熱烈的歡迎。

第三，此次答覆問題的以武裝同志最多，女性最少，可見武裝同志特別愛好文藝，特別需要精神食糧！

我真不知要怎樣描寫我的快樂和感謝才好，一位青年朋友在上火車前買了一份《中央日報》，看到拙作，立刻在候車室寫了一封信給我；還有一位右眼開刀，蒙上了紗布，就用一隻眼，寫了一封千餘字的信，他們都希望我個別回信；可是為了忙，不能很快奉覆，這是很抱歉的。

最後我還要特別感謝金晶女士，這些統計都是她花了三天三夜寶貴的時間做出來的。

三十八年八月二十三於潛齋

怎樣搜集材料

許多愛好文藝的青年朋友喜歡寫小說，只是缺乏材料；其實材料是很多的，到處都是，你在一天裡面，不論自身遇到的，見到的，聽到的，想到的事，其中有許多便是寫作材料。

今天我們就來談一談這個題目。

首先說到作品材料的來源，大概可分為下列幾種：

一、個人的生活經驗。二、人類共同的生活經驗。三、社會變動時的特殊生活經驗。（例如抗戰，戡亂，世界大戰時的特殊生活經驗）四、人與自然的關係。五、搜集報紙雜誌上有文學價值的人物和故事材料。六、從朋友口中聽來的故事，或由一個特別的人物而想出一個故事。

如果你想寫歷史小說，那更需要多搜集關於這個人的一切資料。例如「阿里山風雲」是一部電影片子，我們可以用同樣的題材寫成小說。當我們沒來臺灣之前，很多人不知道吳鳳這個名字；更不知道他有這種殺身成仁以感動蕃民的義舉，到了臺灣，才知道他是一個這麼偉大的人物，自然可以把他當作作品裡面的模範典型；不過我們對於歷史上的人物倘若了解不夠深刻，還是以現實材料來寫為宜。我們要多方觀察事物，深刻地體驗生活。搜集材料的時候，必須完全像一個新聞記者一樣，隨時帶著筆和小本子，在公共場所記載與創作有關的各階層的人物、語言、面貌、服裝及其表情；特別要隨時隨地記載人物的對話；至於你遊過的山水名勝，以及各地不同的風俗習慣，更要詳詳細細地寫在你的筆記本上，以為寫作時的參考。有時，你也許會偶然想到一個人物，或者一個故事，那麼趕快用筆記下來，免得一下又從腦海裡消逝了；還有，你所到過的地方，不論市鎮鄉村，把那些比較重要的街道里巷的名稱詳細地記下來，他日你寫起小說來時，不知道那一天就用得著它。

托爾斯泰曾在創作經驗中寫道：「我寫了好多年筆記；但寫得並不多，大部分都是記些句子。從前寫我看到的風景，然而這些我一次也未曾用過，記憶保存著一切，只要把它提醒就得了；不過句子、詞兒，是必須記錄的，有時由於一個詞或者一句話，就能產生一個人物的典型出來。」日本名作家小泉八雲也說過：「只有靠刻苦的努力，才能使作品成功。」的確，寫筆記是一件很艱難很瑣碎的事，而且要有恆；如果能做到將所見所聞隨時隨地記下，那麼寫起小說來就不愁沒有材料了。

在軍隊中的武裝同志，他們的生活經驗太豐富，到過的地方也比普通人要多，他們只要文字方面有基礎，我想一定能寫出不少動人的文章。

怎樣處理題材

常常接到許多武裝同志來信說：「我在軍隊裡生活了十多年，我到過許多地方，經歷過記不清的戰役，我腦子裡裝滿了寫作的材料；但我不會處理，我不知道究竟是寫小品文難呢？還是寫小說難？」

那麼今天我就來和諸位談一談怎樣處理題材吧。

在搜集材料的時候，自然是越多越好，只要你認為有寫作價值的，統統可以記在你的腦海裡，或者寫在筆記簿上。等到開始寫的時候，第一步要經過一番選擇工夫，首先你要問自己：平時我最歡喜寫那一種文體？小說？詩歌？還是小品文？決定了寫什麼後，再問問自己為什麼要寫它？是不是因為這個故事曾經感動了你，這個人物太好或者太壞，你要把他描寫出來，使讀者也和你一樣尊敬這個好人，厭惡這個壞人？這個人，或者這個故事在你的腦子裡佔據了許多時候，他們時時刻刻在催促著你，刺激著你，你如果不寫出來，就會感到頭暈腦脹，就會感到好像骨鯁在喉，不吐不快；於是你立刻坐下來拿起你的筆，沙沙地在紙上寫著。這時你的熱情如火，你不假思索地只管信筆寫去，心裡想到那裡，筆尖就寫到那裡；不錯，這是熱情奔放的文章，也是有毛病的文章。毛病在那裡呢？就在你沒有經過一番選擇，你把瑣瑣碎碎、拉拉雜雜的文字一股腦兒都寫了進去，你認為每一事都有文學的價值，每一個人物的語言都是有趣的；如果這樣，你未免太主觀，也太武斷。寫文章，假如不是給別人看的，那麼，你隨隨便便怎麼寫都行；倘若你想發表，或者不發表，僅僅為了練習而寫作，也應該在寫完之後給你的好朋友看一看，請他客觀地批評批評你這篇文章究竟寫得好不好？有些什麼毛病？描寫得過火嗎？敘述得太嚕嗦嗎？形容詞用得恰當嗎？全篇的結構是緊湊還是鬆懈呢？萬一你怕羞，初次寫了文章不敢給朋友看，你自己也要扮演一個讀者客觀地欣賞一下你自己的文章，你要吹毛求疵地尋找文字的缺點，絲毫也不要客氣；因為過於愛惜自己作品的人，終會給別人嚴格地指摘的。

方才說過，沒有經過仔細選擇題材，而只憑著興之所至寫出來的文章是雜亂無章的。在選擇的時候，我們要像沙裡淘金似的把許多無用的渣滓篩出來，只留下一點精華。我們要像一個園丁，把那些枯葉乾花剪掉，那怕只剩下兩瓣綠葉襯著一朵紅花也是好的。記著，千萬不要貪多，只要精彩。那些半個月可以寫成二十萬字長篇小說的所謂多產作家，我是從來不佩服的。他們不是抄襲別人的作品，便是千篇一律地以青年男女的戀愛故事或者傳奇故事來騙取讀者的金錢，這絕不是我們從事文藝工作者應有的態度。一個忠於藝術的人，他要像一個忠於革命的先烈，他要把整個生命，全副精神寄託在藝術上，一點也不馬虎，一點也不苟且。

現在，我再具體地和武裝同志談一談處理軍中題材的方法。

首先我得告訴你：寫小品文比較寫小說稍為容易一點，寫小說要講究結構、故事、人物、背景、技巧、主題……等等。寫小品文雖然也要講究主題、結構、背景、描寫……究竟沒有小說的複雜，沒有像小說一般的限制嚴格。題材不論大小，只要你認為有寫文章的價值，你就可以信手拈來，便成佳作；不過你在下筆之先，同樣要經過一番選擇，你要確定一個主題，你要先問自己寫這篇短文，是為的抒情呢？寫景呢？還是敘述某人的事跡呢？朱自清先生是我國有名的小品文作家，現在我們就拿他的文章來舉個例子：他的〈背影〉是抒情的，〈荷塘月色〉是寫景的，〈給亡婦〉是敘事的。然而抒情、寫景、敘事這三種筆調往往成了三位一體不可分離的；不過所含的成分有多少不同而已。

決定了你要寫那一種文體，或者說，你最長於寫那一種文體；那麼，你就向這方面努力，只要不灰心，肯虛心學習，沒有不成功的！

好！現在再回到小說來，假設你是最喜歡寫小說的話。

你在軍隊裡十餘年，所搜集的材料當然也是屬於軍隊方面的，那麼好極了！一般會寫文章的人，大半都沒有軍中生活的經驗，要他們去寫一部描寫戰場的小說，真是比要瞎子辨別色彩還困難。我常常羨慕軍人，世界上只有他們的生活最充實最有意義，他們走過不止萬里路，讀過不止萬卷書；但我在這裡要加一個註解，他們所讀的書，不是鉛字印在紙上的書，而是經驗過各種酸甜苦辣生活的書。在戰場，他們的神經整天興奮，整天緊張，日夜在炮火連天中過著血肉橫飛的戰鬥生活，這時候，他們的生命是最短促的；可也是最有意義最偉大的。同是犧牲在火網裡的生命，只看他是否為真理而戰？為大多數人民的幸福而戰？為自由民主而戰？如果是的，他雖然犧牲了軀體，其實他的生命並沒有死，我認為生命的真正意義是精神，是靈魂，而不是軀體。

在戰場上，他們的生活是壯烈的，也是艱苦的。兩三天不吃飯是常事，肚子打穿了洞，腸子流出來，口裡還在高喊著：殺！殺！殺！或者人已死了，手裡還緊握著手榴彈，也是常有的事。有時候，大砲轟隆轟隆地把房子打得像地震一般搖動，也許這時正有幾個弟兄在圍著一盞菜油燈，四兩白干，一包花生米，他們在津津有味地喝著、吃著、談著；有時在行軍的跋涉途中，身體實在疲倦得不能動彈了，忽然你面前出現了一個奇蹟：你看到一條瀑布從山巔傾瀉而下；或者一幅日落，晚霞，雲海的奇景，你一定盡情地欣賞，暫時忘記了疲勞；有時你駐紮在一個山青水秀的鄉村，偶然和一位純樸的鄉下姑娘發生了愛情；但上邊有命令馬上要你移防到遙遠的地方去，這時你一定感到萬分痛苦，無限矛盾，這些都是你寫作的好題材。究竟如何去選擇呢？朋友，我再簡單地告訴你：在你所經歷過的大小戰役裡面，那幾次打得最激烈？那些人犧牲得最悲壯？最慘痛？你有受傷的經驗嗎？如果有，你當時以及傷癒後的感覺怎樣？你所到過的那許多地方，什麼地方風景最美？人情風俗最好？或最壞？你接近過的那許多男人、女人、老人、小孩，誰給你的印象最好最深？有些什麼故事使你聽了感動？值得你把它寫出來的？那麼你就好好地把要寫的材料分類整理一番，那些宜於寫篇小品文，那些宜於寫篇短篇小說，或者中篇小說。你先把大綱、人物表列出來，然後按著何者先寫，何者後寫的秩序寫下去。寫的時候千萬不要寫一句改一下，寫一句看一遍，那樣你會寫上一天，也完成不了五百字；你既然下了決心要寫這篇文章，而且情感逼著你非寫這篇文章不可，你就只管毫無顧忌地寫下去，等到寫完之後再來仔細修改。以我的經驗，最好寫完後把文章收在抽屜裡，讓它休息一兩天再取出來一遍二遍地修改；因為在你剛寫完的時候，精神已經疲倦了，即使能勉強支持，也是改不好的。

閱讀與寫作

恆春君：

你問我「閱讀與寫作究竟有什麼關係呢？最初的學者，他們沒有讀多少書，也能寫出很好的詩歌和文章出來；而現代的人整天看報看書，為什麼反而文字不通呢？」這是個很有趣的問題；不過，你也曾想到人類的智慧是有「智」和「愚」的區別嗎？中山先生把人分為「先知先覺」、「後知後覺」、「不知不覺」三種，我們普通人都是屬於第二種，因此須要多多接受先知的學問。

愛好文藝的人，都不是傻子，總有幾分天才；可惜有些自作聰明的人，反而被聰明所誤，那就是他看不起前人的作品，連舉世聞名的傑作，他也覺得「不過如此，有什麼了不起呢？」這種心理，自然是根本錯誤的！我是個絕對相信閱讀與寫作有極大關係的人，我從看施耐庵的《水滸傳》，和莫泊桑的《項鍊》、都德的《最後一課》開始，便像有一把神話中的鑰匙，啟開了我智慧之門，我從此狂熱地愛上了文學。我發誓：只要身邊有錢，決不買吃的、買穿的，先買書來讀了再說；這種決心，一直到今天還保存著。我認為書看得很多的人，他的文字一定通順；不過有一個大前提，不可不注意：千萬要選擇那些文筆流利，內容充實的書來看。有些人看了幾十年的書，文字仍然寫不通，那他一定是囫圇吞棗，沒有消化；沒有用全副精神放在寫作上；沒有用批評的態度去閱讀文藝書籍，正像一個小孩，整天聽一些妖魔鬼怪的故事，試問這對於他將來的學問有什麼幫助呢？

你來信問我，跑去書店，看到架子上、桌面上，擺滿了各色各樣的文藝書籍，不知道究竟要看誰的作品好？你又問我：「當你年輕的時候，是怎樣選擇小說的？」這問題，你問得太好，太需要了！已經不止你一個提出這樣的問題，十幾年來，我在學生面前開了不知多少次書目，這次在師院，我和好幾位同事共同商量，開了一百六十餘部中國和外國的世界名著，給他們研究文學的作參考，可說完成了一件有意義的事。其實世界名著，何止幾百幾千呢？但我們如果能把每部看過的作品細細地咀嚼其中的情節，吸收其精華，了解作品的題材來源，和作者的思想、人生觀，以及作品的結構修辭，那麼我們即使只看過幾十部，也能對我們的寫作有莫大的幫助；可惜的是，有些人看了一輩子的書，都是些無聊消遣之作，不但對自己寫作與做人方面沒有益處，反而有害處，這絕不能怪別人，只怪自己太不知道分辨作品的好壞了。

我在開始看小說的時候，一點也不知道選擇，只要帶有文藝性的，什麼都抓來看，舉個例子說吧：舊小說裡面連什麼《芸蘭淚史》、《雪鴻淚史》、《七俠五義》、《包公案》、《施公案》、《牡丹亭》、《燕子箋》……不管看不看得懂，對寫作有沒有幫助，統統找來看；至於著名的《水滸傳》、《三國志》、《紅樓夢》……等早就看過的；究竟這些作品在我看過之後，得到了些什麼印象呢？簡單地說來，約分三點：

第一、我奇怪曹雪芹的腦子怎麼這樣聰明？他不但能夠把每人的性格寫得那麼深刻，只要讀到她的語言，就可以聽到她的聲音，看到她說話的表情和姿勢；而且他把每個人物的服裝，配合得那麼洽當，完全適合各人的性格；你看他把劉姥姥這個鄉下老太婆，描寫得多麼活形活現，令人看了可笑又可憐！一面描寫劉姥姥的窮酸、節儉，和受寵若驚的表情；一面描寫賈府奢侈、豪華，成一個強有力的對比，這對比，在電影和話劇上常常看到，而在曹雪芹的筆下，比電影更描寫得有聲有色。

第二、我奇怪施耐庵描寫梁山泊一百〇八名好漢，也個個都是不同的身段，不同的面貌和性格：魯智深的粗中有細，武松的力大如牛……每個人物都在我的腦子裡活動，難道社會上真有這些人嗎？這許多地方，都是作者到過的嗎？如果沒有到過，他又怎麼知道得這麼清楚呢？

第三、什麼《雪鴻淚史》、《芸蘭淚史》，一些佳人才子的故事，為什麼老是千篇一律，一點也沒有變化呢？

這時，我要感謝我的二哥，他指示了我一條文藝的正路，他說：「你先列一張你看過的小說名單給我看，然後我告訴你那些是好的，那些是壞的，那些是有害的，你首先要問自己究竟在小說、詩歌、小品文、戲劇這四種體裁裡面，最喜歡看的是那一種？」我立刻回答他：「我最愛看小說。」

接著他告訴我看小說也應該有個選擇，例如抒情小說、社會小說、革命小說、偵探小說……我當時最愛看抒情小說和革命小說，於是二哥介紹我看《茵夢湖》、《少年維特的煩惱》、《茶花女》、《羅密歐與朱麗葉》、《曼殊六記》……在這些哀情小說與戲劇裡，他告訴我如何去發現問題——道德問題和社會問題。他又說：「你既愛看小仲馬的作品，那麼就可以把他的《金錢問題》、《私生子》、《一個放浪的父親》、《婦人之友》……找來看，然後再研究他父親大仲馬的《三劍客》、《基度山恩仇記》、《拿破崙一世》等；你愛看莫泊桑的小說，就應該知道他的老師福羅拜爾的《波華荔夫人》、《情感教育》、《聖安東尼的誘惑》，再進一步去研究左拉、巴比塞、羅曼羅蘭、都德、巴爾札克……他們的作品，如此，把一國一國的名著盡量多看，你就自自然然地會寫小說了。」

朋友，我希望你們也有一個像我二哥一樣熱心的老師或家長、親友，指導你們，使你們走上成功之路。

欣賞和批評

英民先生：

你的來信收到很久了，恕我到今天才回信。你說看了十多年的小說，簡直記不清有多少部了，有的只記得書名，忘記了作者的名字，有的知道作者，又忘記了書名，也有統統忘記了，僅能勉強記得故事的；你問我究竟應該以一種什麼態度去看小說？是只注重故事的好壞呢？還是要注意其他？

當我還是個中學生的時候，我常問同學：「這本書你看過沒有？」「看過了。」對方回答我。「好不好看？」「很好！」如果我再問她好在什麼地方？她一定說：「我說不出，你自己看了，就會知道的。」

我總覺得她們的答覆，太不能使我滿意了。我需要知道一部作品好在什麼地方，壞在什麼地方；我看小說時，首先注意文字流利不流利？辭彙美不美？描寫得是否入情入理，不含糊也不誇張？其次再注意故事動人不動人？發展的情形是否很自然，很合理？人物的個性，是否刻畫得深刻入微？

再其次研究作者的思想，本書的主旨，以及作者所處的時代，和社會背景。如果是一部特別好的名著，一定有不少的地方使我們看了感動，興奮或者悲哀；一定有不少的佳句，值得我們抄下來留作參考，那麼我們就應該準備許多筆記本子，隨時寫下看書的心得，抄下那些你認為最美，最有價值的句子；還有作者的生平和他的全部著作。據我所知，在翻譯的名著裡面，十有八九照例譯者要將作者做一個很詳細的介紹，這篇文章幫助你了解作者和作品的思想，應該先看的；但也有些譯者一知半解，譯出來的東西，與原文大不相同，是常有的事；假使外文程度好的，自然以直接看原文得益最大。

我們看小說的人，大都像看電影一樣，當時只用欣賞的心情在看，看後並沒有用批評的態度去研討：究竟這部作品使我受到感動的是些什麼？描寫失敗或過火的是什麼？為了方便起見，我且舉兩個例子來說吧。

誰也知道，賽珍珠女士是美國一位最著名的女作家，她的《大地》和《兒子們》在中國早已有譯本，而且在美國已攝成電影上演；可惜我只看過小說，沒有看《大地》的電影。我至今還在想著阿蘭殺牛的那一個鏡頭，不知表演了沒有？那是非常有趣而令我懷疑的一段描寫。作者寫王龍一家人飢餓到了快要死亡的地步，不得不忍心把一條老耕牛宰了來吃；於是王龍的妻子阿蘭，跑去廚房，拿了一把菜刀，一下就把牛殺死了，她用碗將血盛了，把牛皮剝下來，把肉燒熟，大家搶著吃，一會兒什麼都吃光了，連骨髓也敲出來吃了，最後只剩下一張硬硼硼的皮，晒在竹竿上……。

這裡，我們有幾個問題：第一、一個女人是否能單獨地殺死一條牛？即使那條牛也餓得奄奄一息了，起碼也需要兩個人。（殺一頭豬，也得兩個人；而且牛血很多，絕不是一隻碗可以盛得下的）這裡為什麼王龍和他的孩子們都不來幫忙阿蘭殺牛，是否他們都餓得不能動彈了？

第二、一條老耕牛是相當大的，至少也有三四百公斤重，即使是十多口人的大家庭，也得吃好幾天才能把肉吃完，怎麼可以一會兒功夫就把牛吃得乾乾淨淨呢？我們丟開肉不說，就拿那些牛肝、牛肺、牛肚、牛心、牛腸……來說，也夠他們吃上兩三天的，這裡的立刻吃光，不過是想形容他們飢餓得太厲害，其實誰也看得出，這是過火的描寫。

第三、一把菜刀（也許是生了銹的）真的能把一條老耕牛殺死嗎？牛皮那麼厚，那麼硬，絕不是殺一隻雞可比，殺雞尚且要把刀磨快，要有膽量，要有經驗；（我曾看過殺不死的雞那種痛苦掙扎的情形，實在可憐極了）中國有句俗話：「殺雞焉用牛刀。」可見殺牛宰豬是另有一種尖形的鋼刀，（約二尺長，形如刺刀）絕不是普通的菜刀可以殺得死的；不過阿蘭既非屠夫，自然沒有「牛刀」，那麼，也應該敘述她先把刀子磨快，然後丈夫幫她把牛用繩子綁起來再動手宰殺。這段文字，我很想找出原文來對照一下，如果譯者沒有錯誤，那一定是賽珍珠女士根本沒有看過宰牛，而只憑想像寫的；雖然這是小節，用不到我們小題大作；可是我們看小說的人，若不細心體會，不隨時具有懷疑的態度，那麼閱讀對於我們，又有什麼益處呢？

又如在一本新詩上看到一句「深深的，一條古老的巷子裡，住著七八個人家。」（此處個字也不妥）當時就有朋友對我說：「七八戶人家的巷子是很淺的，怎麼可說是深深的呢？」我很同意他這種看書認真的態度。因此，我們看小說，不但要欣賞作品的美，也要批評它的好壞是非才對。

怎樣寫書評

朋友：

你問我看過一部文學作品，應該怎樣寫介紹文字或者書評？這問題，似乎過去我曾回答過一位青年朋友，今天不妨再談談：

寫書評的方法很多，往往隨著各人的興趣而有各種不同的寫法：比方有的喜歡把一部小說的故事，像電影說明書似的摘要寫下，往往一部二三十萬字的作品，他用數百字或千餘字把他介紹出來；有的人喜歡用批評的眼光來寫他的讀後感，對於作者的思想，作者的技巧，故事的內容，他都有很詳細的批評；還有些人，喜歡把書裡的好句子抄下來，在每一章每一節的上面，他用提綱挈領的方法把要點依著秩序寫出來，以做自己寫文章的參考。

那麼究竟這三種方法，那一種是對的呢？我以為各有各的好處，最好你寫的時候，能把這三種方法同時採用，這兒，我先舉一個例子說一說：假使你已經看過歌德的《少年維特的煩惱》，現在我就和你談談這本書的讀後感怎樣寫法？

首先，我要問你：當你看過這本書的時候，在你的內心發生一種什麼感想？你是同情維特呢？還是責備維特不應該戀愛著夏綠蒂呢？你是責備阿爾伯為什麼沒有犧牲的精神不把夏綠蒂讓給維特？還是責備夏綠蒂根本不應該接受維特的愛呢？你是同情他們三個人裡面的那一個？或者他們三個人的處境你都同情呢？

這裡，要請你將看了這本書所發生的感想詳詳細細地寫出來。寫的方法，首先把書中的故事大概介紹出來，然後再寫你的感想，不管你的思想同情書中的主人公，或者是不同情他，你都不能用簡單的幾句話寫出來，你必得把同情或不同情的理由充分地說出來，才能讓讀者了解你的思想；如果你是同情維特的，書中一定有很多句子是你很高興看的，那麼你不妨抄寫幾小段或幾句下來，以供沒有看過這本書的人做參考。

一篇完美的書評應該注意下列各點：

一、全書的大意。二、結構、修辭怎樣？三、描寫的技巧怎樣？四、作者的思想。五、作者寫這本書的時代及社會背景。六、本書的出版處及價格。何年何月發行？

關於第六項，是寫書評的人應該特別注意的；從一到五，是寫普通讀書筆記的人，需要遵守的。朋友，你說讀書筆記不容易寫，我的回答剛剛相反，只要你的文章寫通了，而對於看過的書又統統能夠了解，那麼，你就可以很容易地寫出自己的讀後感來，我以為第一步，你還是先從練習寫作下功夫，有時間的話，一星期至少寫三四篇，書中如有艱深難懂的地方，看一遍看不懂，你可以看第二遍、第三遍。

同是一個作家的作品，有的難懂，有的容易懂，比方：《浮士德》和《少年維特的煩惱》比較起來，前者自然難懂多了，能夠看得懂《少年維特的煩惱》，未必能懂《浮士德》，因為這兩本書的情調和寫法，內容完全兩樣，你要很耐煩地多讀幾遍，細細咀嚼，才能了解他的哲學意味。

最後，還有一點要特別注意的是你批評一部作品，一定要很客觀地根據書的內容去寫，不可憑著自己主觀的感情對作者故意攻擊或者盲目恭維，因為你的書評是研究作品，而不是攻擊私人。

怎樣寫遊記

說來慚愧，我雖然是個最愛遊山玩水的人，國內的名勝古蹟，也見過不少；可是我並沒有寫過一本令自己滿意的遊記。

遊記在文學裡面所佔的位置，雖然不及小說的能引起讀者的興趣；但它比起戲劇小品文來，更受到人們的歡迎。過去中國旅行社出版的旅行雜誌，銷路很好的原因，完全在於吸引了一批有山水嗜好的旅客，在臺北因為地方太小，寫來寫去，總是碧潭、日月潭、阿里山、獅頭山……這些地方，不像在大陸似的東南西北各省有各省不同的風景、風俗以及習慣人情，看起來一點也不覺得雷同或者單調。

一個人愛好山水，等於他愛聽音樂，愛看美術是同一的道理，不管他是做官的也好，經商的也好，如果知道某處的風景很好，某處有名勝古蹟，在他的經濟力量許可之下，他沒有不想出去遊歷的；同樣的理由，喜歡遊覽名山大川的人，也就是愛寫遊記，或者是愛看遊記的人。

從我讀陶淵明的〈桃花源記〉、柳宗元的〈永州八記〉、蘇東坡的前後〈赤壁賦〉開始，我便熱烈地愛上了遊記。《西遊記》、《鏡花緣》、《徐霞客遊記》、《老殘遊記》、《愛麗思夢遊奇境記》、《魯濱蓀飄流記》，這些在中學時代就看過的書，直到今天我還在看它、研究它；尤其《老殘遊記》寫得實在太好了，不但寫景如畫、敘事生動、抒情深刻，寫人物栩栩如生，全部遊記的內容實在太豐富了！可以當做小說看，也可以當做詩歌朗誦，可以改編為劇本，也可以把每篇畫成各種各樣的圖畫；例如大家都唸過的〈黃河打冰記〉，你看他描寫得多麼有聲有色！黃河上游的冰和下游的冰不同，水流動的冰與平水的冰又不同；溜河的冰「仍然奔騰澎湃，有聲有勢，那走不過去的冰，擠到兩邊平水上的，被亂冰擠破了，往岸竄出，有五六尺遠，許多破冰積起來，像個插屏似的。」這一段老殘描寫得多麼細膩，多麼壯美！接著他寫月光照著積雪的美，以及看到北斗七星移轉的迅速，而想到光陰過得太快，由「維北有斗，不可以挹酒漿」而諷刺當時的王公大人只做官不做事，他們那種「只是多耽處分，多一事不如少一事」的餘毒，至今還保留不少在社會上；最後寫老殘的感慨，他沒有寫我如何傷心、如何難過，只輕描淡寫地用冰條和冰珠子來反映他的傷心……

「老殘一面走著，覺得臉上有樣物件掛著似的，用手一摸，原來兩邊滑溜的兩條冰，起初不懂這物那裡來的，既而想著自己也笑了；原來方才滴下的淚，天寒就凍在臉上，立著的地下，必有許多冰珠子呢。」

從這段文字裡，不但了解老殘當時是如何地為國事傷心；而且也知道北方冬天結冰的苦寒景象。寫遊記，如果能寫到老殘這種地步，那就可說成功了。

在臺灣，四季都可以出外旅行，所遺憾的是臺灣四時的風景氣候，沒有多少顯著的變化，處處是青山綠水，處處有鮮花野草，連廟宇也是差不多的形式；不過，我們如果仔細觀察，從平凡中去發掘美景，那麼寫起遊記來就不愁沒有材料了。

現在我把遊記分成兩類來談談：一類是導遊性質的，一類是專寫風景的。前者要把這名勝或古蹟的所在地，有多少里，如何去法，寫得清清楚楚；例如由臺北到日月潭，坐特快火車十二點五十分可到臺中，然後搭一點半開的遊覽車，下午四點五十分可抵日月潭，沿途經過南投、水裡坑幾個大站；到了日月潭，當然要寫出涵碧樓、龍湖閣等幾家旅館，甚至順便說一說吃什麼比較經濟，同時介紹附近的風景，光華島、文武廟、蕃社等等；如果是專寫風景呢，你可以選擇一個目標做為你寫文章的對象；或者專寫日月潭的夜景、晨景；或者寫由文武廟俯瞰日月潭，光華島的風景；或者專寫蕃社歌舞團的舞蹈，總之：你要覺得這地方真美，這件事真的感動了你，才把它寫下來；否則，勉強繳卷，是沒有意思的。

我平時最喜歡看遊記，因為遊記裡面有歷史、地理、生物等各種常識，也有各地風土人情的記載，人物的介紹，以及掌故趣事。凡是我沒有去過的地方，我要知道別人介紹了那些好山水；假若是遊過了的名勝，我也要看看他寫得是否太誇張？是否形容過火？記得有一次，我在一本雜誌上看見有人把烏來瀑布寫成如何壯觀，水聲如何洪大，及至我親自一看，不覺大失所望，這麼小小的瀑布有什麼壯觀呢？那天也沒有看到高山同胞的歌舞，倒是我們坐臺車經過的木橋搖搖欲墜，低頭一望，真叫人心驚膽戰，我害怕得滿頭大汗說不出話來；除了一篇〈烏來烏〉外，至今沒有寫成遊記。

我們寫遊記，要忠實可靠，不要誇張，不要故意錦上添花，如果明明是一處最平凡的地方，你硬把它描寫成比桃花源還美的仙境，別人去過的，自然會罵你胡說八道；沒有到過的，將來有一天他上了你的當，也會大罵你的。

還有一件事，也是寫遊記的人要注意的：無論你去什麼地方旅行，一支筆和一本筆記是不能離開你的。記得我遊獅頭山的時候，我還特地繪了一個簡圖，由仰高亭上去是勸化堂，再往右是金利洞，左邊是開善寺，我都記得清清楚楚；後來回到臺北，我寫〈獅頭山遊記〉的時候，非常方便，朋友說我這篇遊記比別人的寫得詳細；可是我覺得沒有去水濂洞，始終是一個遺憾。

喜歡看電影的人，都知道電影裡面有遠景、中景、近景和特寫，寫遊記也需要分出遠景、中景、近景和特寫來；有時你所寫的目的地並不令你滿意；但沿途某處風景優美，或者你的朋友講了個有趣的故事，你都可以寫在遊記裡，以增加它的餘興。

我怎樣利用時間寫作

秀妹：

你來信稱我為姊，而我的年齡確也比你痴長十來歲，那麼我就毫不客氣地以妹稱呼你吧。

你的來信沒有寫出新居的地址，這封信叫我如何投到你的手裡呢？一連好幾天，我都在著急，我以為倩君會知道你的新居；問她，她也說不曉得，我想你一定因為太忙，所以忘了告訴我你搬到什麼地方，後來忽然想起你說在《婦週》上看到那封寫給白的信，那麼，這封也只好託《婦週》轉給你吧。

你奇怪我在忙於教課、改卷子、治理家務的生活裡，怎麼還能寫文章？這問題已經有好幾位朋友問過了，我每次都簡單地回答他們：「盡量利用幾分鐘的時間，或者犧牲睡眠去寫。」現在我且把怎樣利用時間從事寫作，詳細地告訴你，或許可以供給你做一個參考。

首先讓我把一天的生活告訴你：

早晨六點鐘就起床，給孩子們用剩飯煮成湯飯吃了之後，我和他們一同上學校；十點，我下了課，連手指上的粉筆灰也來不及到休息室去洗掉，就夾著書包搭公共汽車回家買菜，燒火做飯，一直要忙到下午一點，孩子們上課之後，我才有功夫休息半小時。這時我躺在床上翻看本日的報紙，我像一般青年一樣最愛看副刊，也像一般老年人一樣，最關心時事。有時看到汽車壓死人，養女自殺，或者匪區大屠殺的新聞，我會憤恨得把報紙丟下，眼裡含著淚，心裡像一團火在燃燒，我不能休息了，這時候我想寫文章；但擺在桌上那一大疊作文簿在引誘我，使我不能不靜下心來，仔細地為他們修改，連一個標點符號也不放過。四點半又須開始做晚飯了，實際下午只有兩點至四點的時間是屬於我的，而在這短短的兩小時內還有縫衣服、補襪子、洗衣、燙衣、寫信、會朋友、抹榻榻米……這些項目包括在裡面。從吃完飯到孩子睡覺這段時間是最忙碌的，孩子們聽著收音機的音樂在下跳棋、玩彈子，或者靜靜地做著功課，我和他們的父親就在廚房裡洗碗，準備明天中午的菜，為他們燒水洗腳；九點以後，孩子們都睡了，我開始改卷子、編講義，或者寫文章，這樣忙到十二點或一點，累得連眼皮都睜不開了，這才用微溫的水洗漱後，往榻榻米上面一躺，就結束了這一天的生活。

秀妹，在這麼又忙又亂的生活裡面，你想我還能寫出一篇像樣的文章來嗎？也許有天才的人是可能的；可是愚拙的我實在太無能了，我的頭幾乎每天都要痛幾次，有時鼻炎發作，整天都痛。我有一個古怪的性格，不到病倒躺在床上，我是從來不請假、不遲到早退的。我寫不好文章，本來可以放下筆桿；不過有時為了興趣，有時為了朋友敦促，使我很自然地拿起筆來在方格子裡寫著。每逢星期四是師院同學的作文鐘點，我每次利用這個時候來完成一個兩千多字的短篇。一星期裡面有三個上午沒有課，我也可以寫點東西；然而大部分時間，還是被看卷子佔去了。

至於我寫文章特別快的緣故，因為我在腦子裡早就打好了腹稿，我的腦子很少有讓她休息的機會，我走路時思想，洗衣時思想，做飯、縫補時還在思想，只要一有五分十分鐘的時間，我便抽空寫幾個字，有時一封信也要停三四次才能寫完。

秀妹，看了這些瑣碎的生活報導，你和一些關心我的朋友，也許會同情我；但說不定有更多的人要責備我沒有出息，寫一些身邊瑣事，佔去了寶貴的篇幅。

末了我有幾句話要勸你：你太消極，至少在最近這封信中，你發了些不應該發的牢騷，什麼「走下坡路」，我不承認！我們的生活愈艱苦，愈顯得我們的人格清高。秀妹，「疾風知勁草，歲寒知松柏」，我們不是溫室裡的花草，我們是暴風雨中的古松；是冰天雪地中的寒梅；是華山頂上的華參，氣候越寒，她的生命力越旺。我這一輩子，從來沒有享受過，也沒有夢想過享受，我是個只重精神不重物質生活的人，只要一日三餐粗米飯不成問題，一家人不生病，我個人的生活便感到天大的滿足了！

也許你過去的生活太優裕，所以現在的生活感覺太苦，我也了解你的情況，一個人帶著兩個孩子，受了創傷的心，得不到安慰，你是太苦了！可是你為什麼不多寫些文章呢？為什麼不把內心的苦悶憂愁痛痛快快地發洩呢？我希望你千萬不要灰心，眼睛要向前看，不要回顧！你難道忘了你過去在文學上的成就嗎？你把你過去出版過的幾部作品仔細拿來多讀幾遍，那時你是多麼努力，多麼勇敢的女性，你替苦難的人叫喊，你為他們描寫出一個美麗的遠景；你歌頌人生，歌頌真善美，如今，國家正在遭遇著空前絕後的大苦難，你為什麼不替同胞們叫喊呢？為什麼不替他們描寫出一個美麗的遠景呢？

對於文學，我有一個偏見，我覺得生活愈艱苦，命運愈悲慘，便愈能寫出感人的文章，這在古今中外的作家，例子實在太多了，生活太優裕太幸福的人，即使寫出一篇很美的文章，也不會感動讀者的。我這種看法，不知你以為如何？

《少年維特的煩惱》

順貞女士：

你的信是我去臺南的前夜收到的，本來想在旅行的時候，抽出一點功夫來解答你的問題；誰知每到一處，不是忙著看朋友、欣賞風景；便是洗衣服、寫日記，往往每晚忙到午夜十二時過後才睡覺；回來又為了孩子們註冊上學的事忙，現在趁著距師院上課還有兩天的時間，我先來和你談談。

兩個月以前曾接屏東蕭昭顯先生來信，他也問我：「怎樣讀《少年維特的煩惱》？」正好，我這封公開信，就可以寄給他看，省得我重寫了。

《少年維特的煩惱》，是歌德的第二部作品，也是他的成名之作。不知賺了多少青年男女們的眼淚，連拿破崙在前方督戰的時候，口袋裡也裝著這本書。多少人曾為讀它而弄得如醉如痴；多少學生因為讀它誤了功課而遭到學校的申斥、記過；在外國，曾經有人模仿維特穿著青色的禮服，黃色的褲子，跑到森林中去用手槍自殺；有許多德國青年穿著維特裝，引為無上的光榮，由此你可以知道這一部抒情小說是如何地影響了萬萬千千的青年讀者。

現在我們來研究這本書，首先要了解作者的時代背景，然後再研究他寫這本書的動機，最後再說到他的寫作技巧。

一、歌德是個大詩人

歌德 (Johann Wolfgang Goethe) 生於一七四九年八月二十八日，是德國最偉大的作家，與希臘的荷馬、意大利的但丁、英國的莎士比亞，並稱世界四大詩人。他的父親是本地的法官，家很富有；但他長大之後，絲毫沒有興趣繼承祖先的產業。天賦與他的聰明，都用在研究學問上面；他有多方面的天才，不論對於哲學、宗教、政治、美術、建築、歷史、地質學、動物學……都有極濃厚的興趣，他曾經作過《色彩論》，反駁牛頓的學說；還寫過《植物變態論》，彷彿有達爾文發明進化論之野心；不過，他的最大成就，還是在文學和哲學兩方面。

十八世紀正是德國的狂飆運動時代：歌德和他的好朋友席勒 (Johann Christoph Friedrich Schiller, 1759–1805) 都是這一浪漫主義文學運動的創始者。他曾入拉伯即許 (Leipzig) 大學研究法律，取得學位；可是他的性格對法律不發生興趣，由於愛好萊森（德國的大作家）、莎士比亞的作品，以及北歐神話等等，不知不覺地走上了文學之路。當他的處女作《戲曲蓋志》(*Gotz von Berlichingen*) 出版時，世人無不驚異於他的天才，那時他的年齡才二十四歲！第二年，《少年維特的煩惱》發表，一躍而為舉世聞名的大作家，那時候德國也像我國古時春秋時代一般，諸侯割據，各自為王。一七七六年，歌德還只是一個二十七歲的青年，他就應威馬公爵奧格斯德之召，為威馬宮庭的貴賓；第二年，被任為名譽公使館書記，賦與他對政治的發言實權；後來更由於公爵的推薦，由皇帝育賽夫二世封為貴族。

二、《少年維特的煩惱》

這部書，可以說大半是歌德的自傳。主人公維特愛上了朋友阿爾伯的未婚妻夏綠蒂，真是一見傾心，熱情如火。不久夏綠蒂和阿爾伯結婚了，他是個忠於職守的公務員，每天只知道上班下班；而對於年輕美麗的妻子，很少有溫存安慰的機會。這時維特乘機大獻殷勤，他同情夏綠蒂的寂寞，他很想以自己的熱情，來填滿對方空虛的心靈；至於夏綠蒂呢？雖然也很喜歡維特，但止於純潔的友誼而已。她是個有貞操觀念的人，有一天晚上，房子裡只剩維特和她兩人，維特情不自禁地抱住她接吻，她立刻責備他失禮而大發脾氣，連忙躲進後室，再也不願意見他。從此維特受到莫大打擊，認為他對夏綠蒂的愛，只是片面的；於是灰心喪氣，遂萌自殺之念，終於有一天假借要去打獵的名義向夏綠蒂借一支手槍，她以為他是自衛，很慷慨地借給他；誰知他的生命，就斷送在這支手槍裡了！

本書的大意如此，現在我們要問：究竟書中的主角是不是都有其人呢？有的！維特一角有兩人分飾：一個是歌德自己，自殺的是野魯薩冷。歌德的確愛過一位朋友克司妥納的太太，因為得不到而痛苦萬分，正在這時，恰好報上登著野魯薩冷也愛著一位朋友的妻子，因失戀而舉槍自殺。他的靈感一來，便下決心用他們兩人的故事合併寫成小說，這就是轟動世界文壇的《少年維特的煩惱》產生的過程。

三、《少年維特的煩惱》寫作的技巧

凡是看過這本書的人，都知道故事並不怎樣曲折；然而非常動人。文字樸實無華，他以第一人稱作平敘法的描寫，由最初維特認識夏綠蒂開始一直到他自殺為止，有時用書信，有時用日記，有時用自白各種體裁。他的文字是那麼流利自然；情感是那麼真摯熱烈，使人一面看，一面為他感到難過、傷心，眼淚會不知不覺地滴在書上。你彷彿做了書中的主角，有時笑，有時哭，有時嘆息，有時沉默。總之：作者的感情，書中主角的感情和讀者的感情，完全溝通了，融化了！這就是文學上的共鳴作用，也就是最成功的技巧！

可是，假如我們單把這部書當作是一本描寫三角戀愛的悲劇來看是錯誤的！我總覺得歌德這部名著裡面包含著一個道德問題，他雖沒有明說，但聰明的讀者一看便知。例如夏綠蒂愛她的丈夫，同時也愛維特，只因為認識阿爾伯在先，何況和他已經結了婚，所以不能接受維特的愛；其實她的內心一定是非常矛盾，非常痛苦的；阿爾伯自然最愛的是他的妻子夏綠蒂，同時也愛他的朋友維特，他並不是不知道朋友愛上了自己太太的祕密；然而為了不忍使朋友難堪，所以只有在心裡忍受著委曲；至於維特呢？他在三人裡面算是最痛苦的一個！他瘋狂地愛著夏綠蒂，也同情他的朋友阿爾伯，他不忍奪取友人的妻子，所以情願自殺。我們想想，假使歌德把維特寫成一個極端自私的青年，他要和阿爾伯決鬥；或者用手槍把阿爾伯打死，奪取夏綠蒂；或者偷偷地和她約好私奔，要是這部書真有如此的結構，試問還有什麼價值呢？真正的愛，最高的愛，是犧牲自我，成全他人；絕不能把自己的幸福，建築在別人的痛苦上面。使我看了難過的，是維特向夏綠蒂去借阿爾伯用的手槍，她以為他真的去山上打獵，就含著微笑把槍交給他，當維特的死耗傳到她的耳裡，那時她的痛苦，就要我們去想像、去體會了。

這本書還是我在讀中學的時候看的，算起來已有三十多年了，裡面的情節，我還記得一個大概，可惜手邊沒有原著，不能引幾段精彩的介紹一下。

四、歌德其他的著作

最後，我還要介紹幾部歌德其他的著作，以做你的參考：

1.《浮士德》(*Faust*)——這是以他青年時代的腹稿為基礎，直至一八三一年，當他八十二歲的時候才完成的一部詩劇。全書分為二部，及〈序曲〉三篇，共一萬一千一百十一行。內容係描寫主人公浮士德與魔鬼作戰的經過情形，是一部富有哲學與宗教意味的作品。初看不容易了解，一定要經過兩三遍細細咀嚼後，才知道這是一部啟發人們向上、為善、奮鬥的作品。

2.《歌德對話錄》——這是一部記載歌德言行的作品，由他的得意弟子愛克爾曼所記。(周學普譯)

3. 《愛和力》（周學普譯，正中出版）
4. 《梅士特學習之年》（一八二九）
5. 《海爾曼與杜羅特》（一七九七）
6. 《新詩集》（一七七〇）
7. 《意大利紀行》（一八一六－一七）

五、歌德的感情

歌德是個感情特別豐富的詩人；可是有時也不免濫用愛情，他好像曹雪芹筆下的賈寶玉一般，只要是女人，一見便愛。例如朋友的太太；牧師的女兒；銀行家的小姐；伯爵的夫人；以及酒家女；賣花的姑娘，他都愛過，到他七十四歲時，還在私戀著一個十九歲的少女，給她寫過不少情書，戀愛軼事之多，真是不勝枚舉。

然而歌德究竟是有作為的，自從由意大利旅行歸來之後，他的思想大起變化，由浪漫主義，一變而為崇奉古典主義，由主觀進而為客觀，確定了德國古典藝術的基礎。他的哲學頗為深奧，每一句話，都能發人深省，他鼓舞人類向上，努力奮鬥；告訴人們真理永遠是存在的，惡魔終會死亡的；人要自強不息，才能立足於世界，創造不朽的事業。

信筆寫來，時間已不早，只好草草結束。

《娜拉》和《娜娜》

曼清女士：

你的來信是前天黃昏的時候收到的，今天黎明就給你回信，其所以這麼快的原因，老實告訴你是為了要限期繳卷。我相信世界上最大多數的人都有這種心理，事情不逼到頭上來，他是不著急的；試拿我們在學校作文一科來說，老師每一週或兩星期要我們作一篇文章，誰都不能偷懶；而一到畢了業，就再也不寫了。

你問我怎樣選擇小說，《娜拉》和《娜娜》這兩部書那一部比較好？前者我曾經在《新生報》的副刊上發表過一篇文章，不想重說；現在我來回答你第二個問題。

《娜拉》是挪威國作家易卜生 (H. Ibsen, 1828–1906) 的戲劇，又名《傀儡家庭》。內容描寫一位叫做娜拉的女子，嫁給叫做郝爾茂的，他是一個非常自私的男人；對於妻子，並不是真的愛她，而是要她修飾得很漂亮來安慰自己、娛樂自己。他叫妻子為「我的小鳥兒」、「小寶貝」、「小松鼠」，……有一次郝爾茂患了重病，醫生叫他去意大利療養，家裡拿不出這筆錢，娜拉只好向丈夫的朋友克洛格斯泰借了一千二百法郎；正在這時，她的父親也害著很厲害的病，她便假冒父親的名義，私造了一張借款保單；一年之後，郝爾茂恢復了健康，做了某銀行的經理；可是克洛格斯泰因牽涉偽造證書嫌疑，幾乎被捕。他是郝爾茂手下的一個職員，位置也動搖了，他要求娜拉向丈夫求情，希望他不要把這件事擴大；不料自私的郝爾茂非但不答應，而且要把事態擴大，使克洛格斯泰無地容身；逼不得已，克洛格斯泰只好把娜拉偽造借據的事一五一十地說出來。郝爾茂不想想妻子是為了自己的病，而不惜冒險偽造證據借款，在人情上來講，實在應該原諒；誰知他卻把妻子痛罵一頓，不惜用種種毒辣的言辭來刺傷她的心；在另一方面，他又害怕事情擴大了，有損自己的名譽，因此對外嚴守祕密，及到克洛格斯泰轉變計劃，願將偽造文書收回，郝爾茂又突然改變了態度，對娜拉好起來，懺悔自己的罪過；但娜拉這時已完全了解丈夫是一個怎樣的人，她要撕破丈夫的假面具，不願意做籠中的金絲雀、小松鼠；不願意在家庭裡面做一個傀儡。她徹底覺悟了！她要到廣大的社會上去做一個自由、獨立的人！當她離開丈夫、丟下孩子、毅然決然出走的時候，郝爾茂問她：「你就這樣拋棄你的最神聖的責任嗎？」娜拉反問他：「你以為我的最神聖的責任是什麼？」郝回答說：「還待我說嗎？可不是你對於你的丈夫和你的兒女的責任嗎？」

在郝爾茂看來，以為女人最大的責任是為了丈夫和兒女而貢獻一切，犧牲一切；誰知娜拉是個有自尊心的女性，她除了對家庭應負的責任外，還要對自己負責任，她說：「我相信，我是一個和你一樣的人——無論如何，我務必努力做一個人！」（〈第三幕〉）

這是多麼有力的句子，「我務必努力做一個人！」

是的，女人和男子都是一樣的人，為什麼她要倚賴男人，做男人的玩藝兒呢？

讀這部書，我們首先應該了解易卜生的思想，他是一個寫實主義者，他說：「我寫作的目的，要使讀者人人心中都覺得他所讀的全是實事。」即使是想像中的人物、故事，也要和現實社會裡面的人物故事相同。他反對自私自利、懦弱無能、沒有膽量；他反對人有倚賴性、奴隸性；更反對那些戴著假道德的面具、裝腔作勢；而實際上是男盜女娼的所謂聰明人。在這部作品裡，郝爾茂是這種絕對自私自利，為了個人名譽、地位，不惜犧牲自己的妻子和好朋友的典型人物。

自從莎士比亞、莫里哀等逝世之後，易卜生成了十九世紀最偉大的戲劇家，他的作品最重要的有《社會棟樑》、《國民公敵》、《海上夫人》、《群鬼》、《小埃育爾夫》等。一八九八年，瑞典和挪威國王為易卜生在克立斯那城建立了一所國立劇場，劇場的前面，還鑄著易卜生和他的好朋友般生 (B. Bjornson, 1882–1919) 兩人的銅像，可見歐洲人民尊敬他的一斑。

至於《娜娜》，是法國名作家左拉 (E. Zola., 1840–1902) 的長篇小說。內容描寫一個出身娼家、容貌美麗、行為浪漫的女戲子一生故事。她憑著姿色，出入於巴黎上流社會，玩男人於股掌之中，過著最奢侈最豪華的生活。她對於男人，真是盡量戲弄，來者不拒，曾經愛過美少年佐治；也愛過劇場的丑角醜男子封登。後來脫離了舞臺，想過一下安定的家庭生活；可是本性難移的娜娜，受不了封登的折磨，她再度獻身舞臺；而精神大不如前。這時候，佐治仍與娜娜幽會，佐治的哥哥菲力泊特地來勸娜娜不要迷惑他的弟弟；沒想到自己也墮入了娜娜的色網中，不知花了多少金錢在她的身上。腓力泊因盜用公款犯了國法，他的母親特地趕來促佐治弟兄歸去，並罵娜娜不是人，娜娜反說：「這是他們尋求快樂，與我何干！」最後她因探私生子的病染上了天花，弄得滿臉痲斑，鬱鬱至死。

這是左拉《酒店》的續篇，主題是描寫遺傳與環境對於人生有莫大的影響，初版時即銷去五萬餘冊，突破當時法國出版界的新記錄。

以上兩部作品都是世界名著，希望你都找來細細地閱讀。

《強盜》

鈴英女士：

你的來信昨天才收到，今日馬上回答，在我是一件不容易的事情；但為了正趕上《今日婦女》繳卷的日子，雖然又忙又累，也只好和你做一次簡短的筆談。

你說很喜歡看我寫的名著介紹，希望我有系統地，有計劃地寫下去，將來還可以出一本集子。感謝你，朋友，你為我想得那麼周到；可惜我手邊沒有書，僅憑著記憶來介紹名著是絕對不可能的，我現在一方面在搜集名著，一方面請朋友幫忙，你如果能代我找到莫泊桑著的《人心》，我一定重重地謝你。

你問起席勒的《強盜》內容如何？我現在簡單地告訴你：

《強盜》是席勒的一部著名戲劇，主角嘉爾莫亞，是一位伯爵的長子，曾受過大學教育；他的性情豪爽，放蕩不羈，愛好自由，反對封建思想的束縛；他的父親很不喜歡他，要他改變個性，做一個絕對服從的人，他不願意，於是就被父親趕出去了。

嘉爾被逐不久，忽然又懊悔起來，因為他這時已有了一位美麗的未婚妻，他寫信給父親，情願悔過，再回到溫暖的家來，過著快樂幸福的日子。父親的心被感動了，正準備寫信叫嘉爾回來；不料他的弟弟弗朗斯大大反對！原來弗朗斯是一個非常狡猾、心地陰險的青年，他早已有意一個人承繼父親的產業，還想霸佔哥哥的未婚妻。這時知道哥哥快要回來了，恐怕於自己不利，便在父親的面前，造了許多的謠言，盡量破壞哥哥的名譽；父親信以為真，於是又不讓嘉爾回來了。

嘉爾是一個熱情的青年，他有家歸不得，有愛人不能團聚，心裡感到萬分悲哀！他痛恨弟弟，也痛恨社會上許許多多的人，他夢想著用武力來改造社會、改變人心；於是他加入了強盜的夥黨，成了一名英勇無比、好打抱不平的綠林豪傑。

幾年之後，沒有人性、喪盡天良的弗朗斯，為了要掠奪家產，竟把父親囚禁起來，自稱伯爵；同時強迫嘉爾的未婚妻和他成婚；幸虧她是個有貞操觀念的女子，她一心一意地在期待著嘉爾歸來，為了愛惜清白之身，她便躲在尼庵裡不敢讓人知道。

而在另一方面，嘉爾想念未婚妻，想念父母之心日甚一日，有一天，他終於化裝為貴族悄悄地回到故鄉，他一切都明白了；他了解父親是慈愛的，只因為聽了弟弟的讒言，以致和自己疏遠；他了解弟弟是個陰險惡毒、沒有良心的人，只要實現他那損人利己的陰謀，不惜犧牲骨肉的生命；他更了解未婚妻是個堅貞純潔的聖女，正為他在忍受著一切辛酸，他決定還家來營救父親；殺死弟弟；接回未婚妻。

計劃一一地實現了，未婚妻再三婉勸他不要再上山做強盜，於是嘉爾放棄了他的用武力來改造社會的幻夢，從此兩口子過著很美滿的生活。

這是一個喜劇，也是代表席勒的初期思想。他是德國的詩人，劇作家，生於一七五九年，歿於一八〇五年。在世間，他只活了短短的四十六年；但他真是著述等身。他生來就是一個悲劇詩人，十一歲的時候，就開始寫短詩，因為受到家庭和社會種種壓迫，終於逼著他走上了文學之路。他在三十歲的時候，就做了耶拿大學教授，第二年和凌維德女士結婚。他和歌德是最要好的朋友，有人批評他的詩才不如歌德；但在戲劇這方面，他是遠勝於歌德的。他有豐富的舞臺經驗，對於德國當時的劇壇，有莫大的貢獻。席勒同時是一個哲學家，對於康德的哲學，有專門的研究；他的作品很多，富於民族性，在激勵當時的民眾，發揚德國的精神這一方面，他是大有功勞的。他深深地了解民眾是熱情的，愛好藝術的，因此他便借了文學的形式，來宣傳他的理想，來團結愛國的青年。他深深地知道做一個文學家，必須有湛深的教養，所以他首先從事於歷史的研究，他所著的《三十年戰爭史》，便是這時完成的。

鈴英女士：星期日的早晨，我才由南部完成軍中訪問歸來，一點也沒有休息，我就開始上課，改作文了；桌子上還放著一大堆信沒有回，朋友，我不能多寫了，請你原諒吧。

《波華荔夫人》

月枝女士：

真對不住你，一連三次都使你撲空，為什麼不先寫信和我約好呢？本來我一星期只有三天去師院上課，其餘的時間多半在家。這個星期，因為參加語文學會，還去北投講演過一次，都被你碰上了。我看到你留的字，心裡萬分難過，你沒有留下住址；否則，我真想去看你，向你當面道歉。你說看不懂《包法利夫人》，不知作者是同情女主角，還是不滿意她，現在我就和你來談談這個問題。

《波華荔夫人》，也就是你說的《包法利夫人》(*Madame Bovary*)譯名雖然不同，內容卻是一樣的。這是法國寫實主義作家福羅拜爾的代表作，他從一八五六年開始寫這本書，整整花了六年功夫才完成。這是描寫一個富於幻想的女性，為了追求理想的愛情，上過很多當，受過許多刺激，到後來弄到精神痛苦不堪，物質上也整個破產，她無法再生活下去，只好服毒自殺。

這是一個悲劇，無怪福羅拜爾說，當他描寫波華荔夫人服毒的時候，他也曾經病了好幾天。女主角恩瑪是一個長得非常美麗的鄉下姑娘，她自從嫁給醫生波華荔夏爾以後，一點都感覺不到結婚的幸福。她看不起丈夫，覺得丈夫是一個懦弱無能，沒有志氣的大傻瓜；她每天過著單調無聊的生活，嘴裡常常嘆息著說：「唉！男人是多麼可憐呵！」

恩瑪在苦悶不堪的時候，便想找一個美麗聰明的情人，來填補她心靈上的空虛。她對丈夫非常冷酷，而且容易生氣；有時因為鬱悶，常常生病，丈夫以為她水土不服，就把家搬到桑維爾城，以便易地療養。這時恩瑪生了一個女孩，夏爾高興萬分；她卻認為是一件不幸的事。

一個不滿足現實的人，他整天都會沉浸在痛苦中的，自然恩瑪也不例外。正在這個時候，一位年輕貌美，又有詩歌和音樂天才的書記萊洪來到恩瑪的心中了。她一見傾心，兩人過從甚密；可惜彼此都沒有機會一訴衷情。萊洪以為恩瑪是有夫之婦，不會愛他，於是就赴巴黎。恩瑪從此更加煩悶，真是有苦難言。這時，一位富商叫做羅陀甫的，因找夏爾治病而認識恩瑪，他是一個年富力壯，又會花言巧語的情場能手，他說恩瑪身體太弱，應該練習騎馬打獵；起初恩瑪並無意愛他，後來有一次在森林中發生了曖昧關係以後，恩瑪便像著了魔似的愛上了他，一刻也不能分離。她曾好幾次向羅陀甫建議，要他趕快和自己私奔，永遠不要再回到桑維爾城來，永遠不要與她的糊塗蟲丈夫見面；但羅陀甫是一個最現實的人，他並不愛恩瑪，不過因好奇，玩弄一下愛情而已。恩瑪為了要博取他的歡心，曾經借錢來買很貴重的禮品送給羅陀甫，把自己打扮得花枝招展，有時還偷丈夫的錢。自然，這些事情，她丈夫一點兒也不知道，直到羅陀甫因為害怕恩瑪糾纏，拋下她遠走高飛，恩瑪又第二次病倒了的時候，夏爾還以為太太的身體太壞，應該讓她好好休養；於是一面仔細看護她的病，一面又要張羅借款，好容易把她的病治好了，夏爾為了要使她快活，就陪她到里昂去看戲；在那種燈紅酒綠的環境裡，恩瑪又重新燃起了她的幻想之火，她希望能再遇到一個自己心愛的男人，好讓她過一過幸福的生活。

事情真巧，三年前的戀人萊洪想不到又在這兒會著了！恩瑪像發狂似的愛著萊洪，她已經成了一個十足的浪漫女性，只注重肉體的享樂，忘記了丈夫，更忘記了家！女兒窮得沒有褲子穿她也不管，債主天天上門來討債，她也不過問；只一心一意地愛著萊洪，又想和萊洪私奔了。萊洪也是一個最自私的男人，他為了害怕恩瑪纏住他，就推辭她有神經病而遠離了她，至此恩瑪再也不能忍受了！她那美麗的幻想終成泡影，一連幾次的受騙、受戲弄，她已陷於身敗名裂，肝腸寸斷的苦海裡，除了一死，別無他法苟延殘喘，這是她之所以走上自殺之路的原因。

恩瑪死了之後，夏爾非常傷心，關於太太和別人通姦的事，他還蒙在鼓裡，一點也不知道；有一天，他整理抽屜，發現她的情書，這才知道萊洪和羅陀甫是他的情敵，也是殺害他太太的劊子手，他想要報復；可是當他見到那兩人時，他又不敢開口了，十足地暴露他那懦弱低能的性格。不久，夏爾弄得傾家蕩產，一貧如洗，他在抑鬱中死去，剩下一個孤苦伶仃的女孩跟著姑母，靠做工來維持生活，也夠慘了！

故事講到這裡為止，作者的主題，你一看就明白，他是赤裸裸地暴露現實的醜惡：夏爾是個沒有學問、愚蠢而無能的人；萊洪是個偽君子；羅陀甫是個人面獸心的壞蛋；而恩瑪呢？則是一個容易受惡劣環境影響而縱慾放蕩的玩世女人，她的自殺可說是自食其果；當她最初嫁給夏爾的時候，我們還很同情她，到了後來她一再上當，就未免使人太失望了，自己的情感怎麼這樣不能克制？而對方是好人壞人，難道一點也不知道嗎？

這本書我曾經在中學看過，詳細的情節我已經記不清了，什麼時候你看完借給我重新看一遍之後，再與你研究好嗎？

夜深了，窗外雨聲淅瀝，我的兩眼已睜不開了。　祝你

晚　安

《最後一課》

阿萊：

記得是前月中旬，你來信問我：「世界上最好的短篇小說集，在臺北能買到否？」我早就該給你回信，實在因為太忙，直到今天才在動物園的高山上一間小店裡給你寫這封信。

這幾天的氣候太好了，完全像大陸的十月小陽春，我們宿舍今天有一百多個孩子集體來遊動物園，我利用他們看動物的時間，一個人躲在小店的一角，為你回答這個問題。

短篇小說是特別令人喜歡的一種文藝體裁，古今中外從事短篇小說寫作的人很多；但能夠流傳很廣，為萬萬千千讀者所愛好、所感動，而永遠不忘的卻並不多。這裡我要介紹一本胡適翻譯的短篇小說給你看，雖然只有十篇，可是篇篇精彩；其中尤以都德的《最後一課》、《柏林之圍》；莫泊桑的《梅呂裡》、《二漁夫》，實在使人百讀不厭。阿萊，在這前方戰事緊張，俄寇想要滅亡我大中華民族的時候，像《最後一課》、《柏林之圍》、《二漁夫》這類愛國小說，是值得我們多讀細讀的。

記得你在學校的時候，我曾經選過《最後一課》給你們讀過，事隔四年，也許關於作者的略歷你記不清楚了，現在為了要介紹都德其他的作品，所以我再重複地說一遍：

都德（Alphonse Daudet, 1840–1897）生於法國南部尼美的舊教家庭，從小過著非常窮困的生活，因為營養不良，常常生病，《有名的小物件》，可說是他幼年生活的寫照。當他在里昂中學讀書的時候，常常因貪懶逃學，受到師長和同學的欺凌。畢業之後，因為無力升學，在一個小學校裡當舍監；一有空閒的時候，他就研究詩歌、戲劇。後來他的哥哥幫忙他找到了一個公館書記的位置，因為有較多的時間讀書、寫作，他出版了一部詩集——《情人集》；可是並未引起讀者的注意。

後來他因為厭惡繁華的巴黎生活，就在蒲堪耳（Beaucaire）附近山谷的坡上，用廉價買到了一座長滿了青苔、二十年來無人過問的磨坊，他一個人住在那裡，日夜從事寫作，轟動世界文壇的《磨坊文札》，就是在這個時候完成的。當一八六六年，這部稿子在《大事報》上連載的時候，他還是一個二十六歲的青年。第二年他和一位知書明禮、性情溫柔的女子結了婚，過著非常美滿的生活。他說：「我得太太的益處很多，我的作品有許多因為她的誘導而寫，我的性格，也因為受了太太的影響，而變得溫柔了。」

一八七〇年是普法戰事打得最激烈的一年，法國大敗，除了賠款五千兆法郎而外，還割阿色司、娜戀兩省給普國；那篇感人肺腑的《最後一課》，便是在這個時候產生的。當普法大戰的時候，都德曾參加警備軍，為了創作刺激愛國心理的小說，他甚至因此常常生病。《最後一課》和《柏林之圍》都是從《月曜故事》裡面選出來的，描寫亡國的慘痛，真是一字一淚，使人讀了感到一種說不出來的難受。《最後一課》，假借一個小學生的口裡，描寫他平時最討厭讀書，不用功，因此他最怕看老師──漢麥先生──的臉孔；忽然有一天，他戰戰兢兢地走進教室，出乎意外地老師不罵他，只用沉痛的語調說：「孩子，我也不怪你，你自己總夠受了。天天你們自己騙自己說，這算什麼，讀書的時候多著呢，明天再用功還怕來不及嗎？如今呢？你們自己想想看，你總算是一個法國人，連法國的語言文字都不知道。」

孩子這才了解原來今天是上的最後一課，怪不得有這麼多人來聽，連坐在最後面的赫叟老頭，也戴上眼鏡在唸「巴、卑、比、波、布。」

阿萊，我讀過不少的短篇小說，總覺得別人寫的不及都德的深刻感人，他的文字是那麼通暢流利，連小學生都看得懂，他並不在修辭或技巧上賣弄聰明；然而他的每一句話，每一個故事，都是用真摯的情感寫成的。這些愛國的故事，一定都是真實的；否則，絕對不會這麼動人。他的短篇小說被選為教材的，還有《賽根先生的羊》、《星星》、《渡船》、《童俠》等。長篇小說，描寫巴黎風俗的有《富豪》；描寫青年男女戀愛故事的有《薩芙》；描寫平民生活的有《少年佛洛孟與長者李斯婁》、《夏克》等；此外還有兩部戲劇《阿萊城的姑娘》和《生活的競爭》，一直到現在，還在法國的舞臺上演。

都德是一個對於風土人情描寫最深刻、最細膩的作家。他每天出外，總是帶著筆記本子，把他所見、所聞、所想到的記下，在《達拉斯貢的戴達倫》這部作品裡，充滿了法國南方人民性格的諷刺，充滿了地方色彩，這是都德的代表作，法朗士推薦這部書：「這是我們法國的唐吉訶德先生。」

都德喜歡在他的親戚朋友中間，尋找小說人物；他所描寫的景物，差不多都是他到過的地方。批評家勒美特爾說：「都德是個真正的寫實派作家，能恰當寫實派作家之名者倒不是左拉，而是都德。」

喜歡描寫風土人情，喜歡用真的人物和風景來做主角和背景，可說是都德文學的兩大特色；還有第三個特色便是充滿了光明的希望，充滿了人類的同情，例如他作品中的人物，雖常為不幸的環境所壓迫，可是他們的生命力始終很強，放射著美麗的光輝。當他寫一個非常可憐的人，在萬分困苦的境遇下掙扎的時候，他便懷著無限的同情為書中的人物嘆息，流淚；因此讀者便在這種情形之下，和他一同呼吸，一同流淚，這就是都德作品偉大的地方！

這封信在動物園只寫了一半，回到家又因客人不斷地來，一連放下十幾次筆，再不趕快結束，又沒有功夫寫下去了。

《茶花女》

桂英：

前天晚上你回去沒有受涼吧？真令我耽心。

你說為了忙著給孩子們織毛衣，沒有時間看書，要我先將《茶花女》的內容簡單地告訴你，使你在腦子裡先有個印象，將來看起來時就方便了；那麼，今天我就來談談小仲馬和他的成名作品《茶花女》吧。

記得我還在師範學校讀書的時候，就看過林紓譯的《茶花女遺事》，後來到了上海又把夏康農譯的《茶花女》重看一遍，現在我是第三次讀它了；可惜前幾天《茶花女》的電影上演時，我沒有功夫去看，不知道有沒有原文的動人？

《茶花女》(*Dame aux Camèllaux*) 是小仲馬的成名之作，它和《少年維特的煩惱》、《羅密歐與朱麗葉》，成了鼎足而立的三部不朽的愛情悲劇。最初是用小說體裁寫成的，發表於一八四八年，因為情節動人，文筆細膩而流利，發表後就受到廣大讀者的歡迎；後來改編為五幕五十一場的劇本，一連上演了兩百多場，每回都是客滿，在當時，只有兩果的《愛爾那尼》能夠和它媲美。

《茶花女》的內容是描寫巴黎一個有名的妓女，名字叫做馬格利特；她長得非常漂亮，出入於各種交際場中，凡是見到她的人，沒有不愛她的，因此她結交的達官貴人很多。有位伯爵的大少爺亞猛，也是追求她最厲害的一個；但他並不暴露自己的身分，連姓名也不讓馬格利特知道，後來有一次她得了很厲害的病，起初還常常有人去探視她，有的送花，有的送糖菓，日子一久，那些最現實的人們都不理她了；這因為他們所需要的是她的青春美麗，是她的肉體而不是她的靈魂。這時只有亞猛每天買了茶花去探問她的病狀，仍然沒有道出自己的名字；及到馬格利特痊癒之後，亞猛才和她正式認識。兩人會晤，相見恨晚；從此愛情與日增長，一刻也不能離開。為了要逃避繁囂的城市，就雙雙隱居在一個僻靜的鄉下，過著甜美的生活；日子一久，經濟無法維持，馬格利特只好變賣衣物，有時也向她的男友法維爾伯爵借款；同時亞猛也跑回去想要變賣家產籌款以期常度蜜月。這件事被他的父親知道了，氣憤得不得了，因為他有一個女兒，已經與人訂婚，聽說亞猛和一個妓女祕密同居，名譽很壞，對方幾乎要發生婚變了；於是老頭兒馬上去找馬格利特，警告她不要與亞猛來往，以免破壞他們父子的感情。馬格利特立刻答應了，她絕不願意使亞猛痛苦；為了愛亞猛，不忍見他們父子的感情破裂，於是寫了一封違心之信給亞猛，告訴他：「我根本不愛你，我愛的是法維爾！」亞猛信以為真，痛恨萬分，以為馬格利特是水性楊花的女子，只認識金錢，不懂得愛情。有一天他跑去找馬格利特，正遇著她挽著法維爾的手在那裡親密地談著情話，於是亞猛丟了一大把鈔票在她面前，氣憤而去。

這時馬格利特的芳心，真像刀割一般，有苦說不出。她親眼看見自己心愛的人在巴黎濫交女友，過著自暴自棄的生活；而自己呢？明明死心塌地愛著亞猛，偏說她的情人是法維爾，在萬分痛苦的熬煎中，她的病日甚一日，看看快要不久於人世了；亞猛的父親，這時才知道馬格利特是一個靈魂很純潔的女子，還有一顆善良的心；有滿腔俠義的熱情；有忍耐偉大的犧牲精神，他受了深深的感動，連忙寫了兩封信：一封給馬格利特，准許她與兒子結婚；一封給亞猛，要他趕快回來看護馬格利特；可惜這時馬已病入膏肓，亞猛趕來不久，她就與世長辭了！

亞猛在悲哀中讀了馬格利特的日記，才知道馬格利特是這麼專情於他的一個好女人，過去完全誤會她了，所以非常傷心！從此他常去憑弔她，撒上許多茶花在墳墓的四周，他的心中永遠存著馬格利特的影子。

為什麼馬格利特又叫做茶花女呢？因為她最愛佩戴茶花，每月有二十五天戴的是白茶花，後五日戴的是紅茶花，因此她的渾名叫做茶花女。

以上是《茶花女》的大略情形，現在再介紹一點小仲馬的思想。

小仲馬 (Alexandre Dumas, 1824–1895) 是大仲馬的私生子，特別聰明，他在學校和社會，曾經受過不少的侮辱，人們都以另眼相看；父親大仲馬也不好好地教育他，在他的《一個放浪的父親》和《私生子》兩本著作裡面，充分地描寫他父親的性格。他反對父權，要求母權及子女權，他說傳統的民法太不公平了，主張重新確定婚姻法，他認為愛情是沒有階級性的，私生子同樣享有一切權利；《私生子》這本書出版後，等於替他自己出了一口大氣。

小仲馬在很年輕的時候，便開始從事寫作，十七歲時隨父親遊歷亞非利加，出版詩歌處女集《少年之罪惡》；回到巴黎，又完成了第一部小說《四個女人和一隻鸚鵡的故事》。這兩本書，都沒有引起人的注意，及到二十八歲（一作二十四歲）《茶花女》問世，才一鳴驚人。他的作品雖然沒有父親的多，但名氣比父親還大。大仲馬沒有被選進法蘭西文學院；他卻在一八七四年被選入了。他和父親的性情大不相同：大仲馬熱情奔放，生活浪漫；小仲馬感覺敏銳，性情溫柔，也許這就是大仲馬之所以成為浪漫主義作家，小仲馬被譽為寫實主義作家的緣故吧？

《曼儂》

桂英：

我真不知要怎樣感激你，你替我織的毛褲是這樣勻整，這樣合身。昨天我第一次穿它，雖在風雨中，一點也不覺寒冷。我想你一定是在深夜等孩子們完全睡了之後，才開始為我一針一針地織。桂英，你的手指被針尖刺痛了吧？你剛放下竹針，還沒有休息，又要為我的女兒織了，剝削了你許多寶貴的時間，非常抱歉！

你說：「我很高興為你做點什麼，只要你常常替我解答問題。」自然，我也高興這樣做；只可惜太忙了！每次把一部很好的世界名著，寫得那麼短，敘述得那麼簡單，實在遺憾。今天是四十三年最後的一天，我在整理一堆賀年片時，忽然發現你寫來的信，筆跡那麼清秀；你告訴我已經看完了《茶花女》，而且流了不少同情淚；你要我告訴你《漫郎攝實戈》是一部什麼小說？在文學上有什麼價值？現在我抽出兩小時來為你解答。

《漫郎攝實戈》(*Manon Lescaut*) 是十八世紀時代法國作家卜赫服 (Antoine Francois Prévost) 亦作

蒲呂渥（1697–1763）的長篇傳奇小說，書名就是女主角的名字，簡稱《曼儂》。半年前在臺灣電影院上演的「獨留青塚向黃沙」，就是這本書改編的，內容敘述一個非常美麗的少女，因醉心物質的享受，又渴望愛情的安慰，在矛盾與痛苦中度過了她的一生。她的情人是一個騎士，名叫葛里那。當他在十七歲那年，出外研究神學歸來的時候，偶然在亞米恩斯的小客店裡，遇到了曼儂；他從來沒有見過這麼可愛的女人，也沒有想到過需要異性的安慰；然而不知為什麼，自從見了曼儂，彷彿對方是一個魔鬼，緊緊地附在他的身上，他傾心地愛她，她也將她們二十多個少女將要被迫送去教堂做修女的事一五一十地告訴了他，於是兩人商議，決定半路上逃走。

計劃終於一步步實現了，他們逃到了巴黎，租下一間小房子，過著祕密的甜美生活，俗語說：「愛情不能當飯吃」，曼儂因為受不住物質的引誘，突然愛上了鄰居一位富翁；這老頭子的野心很大，他想完全佔有曼儂，於是寫了一封告密信給葛里那的父親，說葛里那如何在外面玩女人，過著荒淫的生活。葛的父親氣極了，把他找回去禁閉起來，這時葛里那深深地受著良心的責備，他想從此專心研究神學，不再貪戀女色了。

誰知忽然有一天，曼儂又出現在禮拜堂了。她和葛里那相抱痛哭，說了許多懺悔的話，她說她是始終愛著葛里那的，不能一刻沒有他，這個意志本來就不堅定的青年，又被愛情征服，雙雙逃奔了。

他們過著沉醉在酒色之中的浪漫生活，絲毫也不想到快樂以外的事情。不久，錢財耗盡，葛里那為了要滿足曼儂的慾望，有時賭博，有時做小偷；曼儂也完全成了一個沉湎於肉慾中的壞女人，她又結識了一個很闊的老頭，她和葛里那兩人商量，盜取了老頭許多珠玉，想要潛逃；後來事發，被捕入獄，葛里那想法殺死了獄卒，又雙雙逃亡了。

接著又是一連串不幸的日子來臨，曼儂的本性並沒有改變，她還是那麼浪漫風騷，又結識了老色鬼的兒子；不過，她承認真正的愛人，只有葛里那一個；而葛也只有她是心目中的情人。他想盡了方法，要三度私逃的時候，突然消息洩露又被捕了。結果葛里那由他的父親保釋出來，曼儂獨自一人放逐美洲；葛不忍愛人隻身流浪，他願意陪她流亡；於是兩人偽裝夫婦，騙過了檢查當局，在羅偌齊亞娜州上岸了。

正在他們兩人準備正式結婚的時候，又發生了變故：一位州長的公子愛上了曼儂，自然葛里那不肯讓位，兩人就實行決鬥，結果州長的兒子受了重傷，他們這一對歷盡折磨的愛侶，又逃到了英國，也許是長途跋涉太辛勞，也許這是她應得的結果，終於慘死於旅途中。

不用說，葛里那至此已萬分傷心，他草草地把曼儂埋葬於荒山野草之間，暈倒在墳前很久不省人事。等到別人發現把他送回本國時，父親也因憂傷過度而與世長辭。葛里那覺得對不起父親，深感罪孽深重，他的心裡萬分難過；然而悔之已晚了。

故事說完了，桂英，你有什麼感想呢？記得三十四年我在漢口的時候，曾經和徐仲年先生談起過這本書。我不喜歡看傳奇小說，更不喜歡以浪漫的女人為主角；有些作者喜歡描寫女人如何美麗，如何聰明，如何能幹，如何玩弄男人，到最後總是一個自殺結束；徐先生不贊成這種作風，我也覺得這本書的主題沒有多大意思。為情而死，固然值得我們寄與同情；像《茶花女》、《羅密歐與朱麗葉》、《少年維特的煩惱》等，都是以愛情為主題的小說，那些都是我們最愛看的；假使以《曼儂》來比，後者就比較差一籌了。

中學生可以戀愛嗎？

紋：

昨天你回去的時候，從你臉上的表情看來，可以斷定你是不高興的。這也難怪，正在我們談得很起勁的時候，忽然來了兩位中年太太打斷了我們的話頭，她們又老不走，所以你就啾著嘴回家了。

紋：你知道她們後來和我談些什麼話嗎？真有趣，她們也提出一個和你同樣的問題來和我討論：「究竟中學生可不可以談戀愛呢？」早知如此，把你留下和她們開一個辯論會就好了；不過她們的主張也是和我一致的，那麼，你豈不成了孤掌難鳴嗎？

紋：你是個最聰明的孩子，你的母親只有你這一顆掌上明珠，父母的愛全集中在你一人的身上，他們希望你將來能成為一個科學家或者教育家；而你也許一方面受了看電影和交朋友的影響；另一方面是寶島的氣候刺激你，使你成熟得太早，還只有十七歲，就渴望得到異性的安慰。你羨慕別的同學太自由，可以交好幾個異性朋友，可以和他們一同去遊山玩水、跳舞、看電影；你公開批評你母親的思想頑固，太守舊；你說二十世紀的青年，應該過二十世紀的生活。不錯，你說的都對；只是有一點你沒有認清楚，這是個什麼樣的時代？這是一種什麼樣的環境？青年在非常時期應該負著什麼使命？你曾經想到過沒有？你和你的父母為什麼不留在大陸而逃到臺灣來？難道你是為了想看電影、想跳舞嗎？難道你是為了爭取交朋友的自由嗎？紋，關於青年報國這些大道理，你比我講得還要動聽，我無須向你宣傳；現在要提醒你的是假使你的母親一點也不干涉你，讓你絕對自由，你可以日夜不回家，跟著你的男朋友去遠走高飛；那麼，不出一年，我敢說你會永遠失去你少女的天真，少女的快樂；你會變成一個充滿了煩惱、痛苦、後悔無及的少婦；你的光明燦爛，有無限希望的前途，也許就因此而黯然失色，甚至完全斷送了！這是一件多麼可怕的事呵！前幾天在一位同事的家裡，聽到一位少女的故事，我現在寫在下面供你做個參考；不過我要特別聲明：這不是一個故事，而是一件千真萬確的事實。

「我的房客有一個十八歲的女孩子在×女中還沒有畢業，不知從什麼時候開始，她愛上了一位有婦之夫；那男的在某銀行服務，穿得很講究，每天晚上來找女的去看電影，遊淡水河。有時她母親硬不許她出去，男的就陪著她在院子裡那棵大榕樹下面，談到十一二點還不走。不知道他們那兒來的那麼多話，好像永遠講不完；有一次，我實在忍不住了，就毫不客氣地下逐客令，我說：『你們要談情說愛，為什麼不去北投開旅館？我這裡是不許三更半夜不關門的！』你們想想，她聽了我的話會立刻叫男的走嗎？哼！她才不理這一套呢！仍然繼續說下去；還有一次，她穿一件很漂亮的新衣裳，現出很高興很驕傲的樣子；衣料是她男朋友送的，她的父親知道了氣得發抖，立刻把新衣撕成碎片。現在，老頭氣病了，躺在床上呻吟；老太婆也氣得暈過兩次。看樣子，這一對老夫妻非死在這位寶貝女兒手裡不可了！」

李太太很感慨地說。

「她家裡還有別的人嗎？」我問。

「還有兩個哥哥，都在大陸沒有出來。」

「她難道不知道對方有太太嗎？」

「起初那男的瞞住她，後來知道了，她也滿不在乎。最近聽說那男的要和太太離婚，與這位十三妹型的小姐結婚了！唉！你們這些教育家，對於這個問題，究竟應該怎樣解決呢？」

「不管她，讓她們去上當，等到上當的一天一天多起來了，她們就會覺悟的。」王太太氣憤憤地說。

「不可以！不可以！譬如我們對於一個小孩子的管教問題，明知道玩火會燒傷他的手，但孩子並不知道，當他哭著要點火的時候，難道你真的替他點上，等他燒傷了，再帶他去醫院治療嗎？我們應該盡我們的責任，把少女時代不能隨便交異性朋友的理由告訴她，把報紙上登載的那些少女受騙的事實說給她聽，使她警惕；告訴她怎樣用理智壓制感情，把興趣轉移到讀書和各種運動上面去；少讓她們看那些講戀愛的歌舞片子；指導她們多交努力用功的同性朋友；告訴她們戀愛過早的種種害處……」

宗太太不愧是一個教育家，她認真地說了這許多，李太太連忙打斷她的話說：

「現在看電影成了中學生的主課之一，試問兩條腿長在她們的身上，你怎麼能禁止得住呢？我自己也有一個上中學的女兒，為了怕染上不良的嗜好，我把她送到臺中一個教會學校讀書去了，因為那裡可以寄宿，校規很嚴，比她走讀好多了。」

「的確，我也贊成女學生能夠儘可能地住在學校，因為走讀太容易和惡劣的環境接觸，往往有許多家長以為他的女兒還沒有放學，其實她早已溜進電影院去了。」

很久不開口的王太太，也發表意見了。

紋，你看到這裡，也許會罵我們的思想太冬烘吧？其實我是一個絕對擁護自由戀愛的；可是那些沒有達到大學年齡的女孩子，她的感情還沒有成熟，對於社會認識不清，意志薄弱，很容易受異性甜言蜜語的誘惑而葬送了她寶貴的前途；因此我還是那句老話：我是不贊成中學生戀愛的！

寫得不少了，紋，你是個聰明人，想必能了解我對你的關心。

最後，你有什麼意見，希望忠實地告訴我。

失戀

素文女士：

收到你的信，我不覺大大地吃了一驚！從來沒有一個女孩子會把自己的心事向一個陌生人傾訴的；尤其是少女的初戀，可以說是很神祕的；而你能夠打破一切普通的慣例，你是那麼信任我，把內心的祕密都告訴了我，希望我能給你一個解答，使你能得到一點精神上的安慰和鼓勵，我佩服你的勇敢，更喜歡你的天真坦白。真的，正像你來函所說：「戀愛有什麼可祕密呢？它是人生的切身問題，應該提出來大家討論的。」

在過去，如果有人提到結婚、戀愛這些字眼，當事人就會臉紅，甚至害羞得連頭都抬不起來，也不敢向人正視一眼，好像有了愛人，就是做了小偷似的那麼不名譽，被人輕視；如今，時代進步了，十四五歲的小姑娘也會交男朋友、講戀愛，而且會鬧出殉情的慘劇了，我在沒有答復你的問題之前，現在先舉兩個例子和你談談。

這兩個例子，都是發生在北平的：

第一個，是師大女附中的學生，她還只有十七歲，就懂得戀愛了；她的對象是一位軍人，常常在星期六或者星期天帶她去看電影、逛太廟，或者北海公園，兩人的感情如膠似漆，弄得這位小姐好像中了魔似的，腦海裡只有這個男人的影子，什麼家庭、學校，全不在她的眼裡，一天到晚，只是愛呀愛的；幸虧她天資聰穎，所以功課還能及格。

有一天，這位小姐在街上突然發現一個奇蹟，那位平時挽著自己的手走路的軍人，如今又挽上了另一個比自己更美麗的女郎，他們有說有笑地走過，並沒有看見她，這是一個莫大的打擊！在這位小姐看來，自然比死了父母還要傷心，她也許根本就沒有考慮其他的問題，除了自殺，她以為絕不能解除她的痛苦，於是立刻買了安眠藥來吞下，等到同學發覺時，她已奄奄一息，躺在廁所裡呻吟了。

第二個，是一位女孩子和她的小情人雙雙服毒自殺，在北平，當時所有各日報晚報上，都把這件事視作頭條新聞。這一對寶貝，生長於有錢的家庭，兩人都在中學讀書，不！名義上是讀書，實際上不過掛個名而已。他們每天都要看一次電影，深深地中了《羅密歐與朱麗葉》的毒，當雙方的家長，對於他們這種整天不讀書，只顧談情說愛的生活，表示不滿而加以干涉時，於是就覺得這是萬惡的封建家庭，阻礙了兒女的戀愛自由，他們想雙雙逃跑又沒有勇氣；而且一對十六七歲的孩子，離開了家又怎能生存呢？想來想去，惟一抵抗家庭的辦法，就只有雙雙服毒自殺。

據說他們在自殺之前還痛飲一場，開了留聲機兩人抱著跳舞；死的姿勢，非常藝術，完全像演劇一樣，男的跪下向女的擁抱，女的倒在沙發上，好像接受他擁抱的樣子，報紙上也說這是一幕戲劇性的悲劇；其實最有趣的戲，還是他們的父母，請了許多親友來，為他們這一對小情人舉行冥婚典禮。

素文女士：你對於上面這兩件事有什麼感想？作何批評？說句也許是你不願意聽的話，一般人都對那三位為愛情自殺的孩子只覺得可惜而並不同情，為什麼？理由很簡單，他們太任性太幼稚了！這樣年紀輕輕的孩子，應該好好地求學，愛惜一生中最可貴的少年時代；即使這兩個女孩成熟得特別早，她也應該了解戀愛、結婚、生兒子這三部曲是相連的，自己還是一個乳臭未乾的初中學生，學問的根基，絲毫沒有打好，經濟基礎更談不到，沒有一技之長，一切供給仰仗父母，像這種情形，根本沒有講戀愛的資格。

寫到這裡，恰好有位朋友來了，她看了這段文字，笑我未免思想頑固，老氣橫秋；同時她說一定有青年人反對我這種說法的，我回答她，我是為了愛護青年朋友才這麼寫；如果我鼓勵他們不要讀書，只談戀愛，是不是會把他們一個個送進墳墓或者投入苦海中去呢？朋友啞口無言，微笑著走開了。

你說失戀之後非常消極，前途什麼希望都沒有，這是錯誤的！你不能把戀愛看得太重要，這只是人生的一部分，而不是人生的全部！人，不論男女，除了本身的問題而外，應當想到學問、事業、社會、國家。有許多沒有家的人，以及那些怨女曠夫，從來沒有享受過家庭的幸福；但是他們（或她們）在學問和事業上都有成就，對社會有貢獻，可見沒有愛，或者失掉了愛，固然是人生的最大痛苦，最大缺陷；然而它絕不能影響一個人的前途和生命。

素文女士：你現在所需要的是冷靜的頭腦，堅強的意志；你不要做愛情的俘虜，你要戰勝愛情！初戀往往會失敗，雖然他是值得你永遠回憶的，你應該趁此機會來一個自我檢討：究竟是那位男朋友變了心？還是你自己也有缺點？假使是前者，那樣的人，還值得你死心塌地去追求嗎？你未免太浪費感情了！若是後者，你應該反省，糾正自己的缺點，那麼等到第二次的戀愛機會來到時，我包你會成功。

離　婚

阿南：

　　這是一封想了半個月而始終沒有動筆的信，我相信你不會責備我，因為你知道我很忙，也知道我的個性！我不願意隨便寫幾句空洞的話給你，為了你的前途，我願意和你作一次長談，因此這封信便在這種情形之下耽擱下來了。

　　阿南，你太痛苦了，我常常在為你嘆息，為什麼上天這麼無情，使一個這麼聰明、年輕而又美麗的你，遭遇著如此殘酷的命運？你從小沒有父母，在悲苦中度過了你的幼年時代。我們認識，是在那風景幽美的廈門海濱，那時你還是個梳著兩條辮子的小姑娘，你的活潑天真，和那對藏著熱情的大眼睛，使我傾愛，也使我特別同情。當你向我敘述你的身世時，我陪著你一同流淚，我緊緊地握著你的雙手，望著清朗的明月，對著蔚藍的海水，我從心坎裡發出對你的同情：

　　「阿南，不要難過，一個有作為的人，是會遭遇著各種不幸的，你的環境不好，正是象徵著你未來的光明。」

記得那時我還把孟子的「故天將降大任於是人也，必先苦其心志，勞其筋骨，餓其體膚……」的大道理和你說，你那時究竟是個十五歲的小姑娘，還不十分了解；你只知道，沒有父母的人是世間最痛苦的人，沒想到一個女人的痛苦，還在中年和老年呢！

在那個整天有著醉人的薰風吹著，整天可以看到浩渺碧綠的海潮的海島上，我們相識了，當你常常坐在我的寢室裡，而被學生發現時，她們都驚訝地問我：

「老師，她是你的妹妹嗎？」

「不！她是我的小朋友。」

「為什麼她和你很像呢？」

真的，阿南，你為什麼和我很相像呢？別的不說，單說那雙大眼睛，單說那副倔強的性格，實在太和我相像了！我恨母親為什麼不替我生個妹妹和弟弟，我喜歡你，正因為我沒有妹妹的緣故。

「阿南，無論什麼時候，在什麼地方，你都要給我來信，有什麼需要我幫忙的，儘可坦白地告訴我，我一定盡我的力量幫助你的。」

阿南，我非常慚愧，那時給你的諾言，如今還深深地印在我的腦海裡，一點也沒有忘記；可是今天，我眼看著你遭遇著不幸，能幫助你什麼呢？

「你看，冰姊，我老多了吧？」

「不！你還是那麼美麗，那麼年輕。」

阿南，說老實話，我說你年輕，實在帶著幾分勉強；你的確老了，額角上添了無數皺紋，眼睛似乎也沒有年輕時候的放著發亮的光芒了。你憂鬱，你苦惱，你悲觀，你對人生失去了樂趣；最危險的思想，是你失去了生之勇氣。當你告訴我你想自殺，或者想遁跡空門時，我簡直不相信這是由你嘴裡說出來的話。

本來呢，你也的確太苦了！朋友幫助你從大學畢了業，後來嫁了一個愛你而又不了解你個性的丈夫，生了兩個孩子之後，丈夫嫌你老，嫌你個性太強而遺棄你，另外去找年輕貌美的情侶去了，這一打擊，誰能受得住呢？

於是，你從此消沉了，從此了解了愛只有在年輕美麗的時候才能獲得，到了生孩子、色衰體弱的時候，便一切沒有了，剩下來的只有淒涼、痛苦、失戀、死亡……

阿南，你不能這麼消極，你應該了解人生的真諦不是為個人，而是為社會。你遭遇著不幸，當然值得同情；但你應該放開眼睛向你的周圍看看，找出那些比你更苦更值得同情的人來和自己比較一下，她們為什麼能生存？她們為什麼能夠忍受這樣的痛苦？她們為什麼能奮鬥而我不能？你生了兩個孩子，那是說，你替社會盡到了責任，你雖然受盡了苦難，這也是應該的，免不了的，誰叫你生而為人？誰叫你偏偏又是女性？也許你在後悔不該結婚的，但這又有什麼用呢？既然結了婚，就無法避免生孩子；既然生了孩子，就應該盡你做母親的責任，為孩子好好地活下去，那怕再苦，再困難，也要掙扎著活下去！你如果問我這是為什麼？理由很簡單：我們活著，不是為了個人，而是為了社會！

我知道你又要笑我在說教了，實際上，社會就是這樣一個東西，它全靠這些傻瓜，這些一生沒有享過福，整天只為別人的幸福而勞動的傻子們在維持；倘若和那些整天只講究享受，整天只夢想著升官發財的混蛋一樣，世界上那裡還有什麼正氣？人類那裡還有什麼幸福？那裡還有什麼進化呢？

你不能後悔你不該嫁人，更不能埋怨你不該生孩子，你應該反問一下：女人一生難道只為的嫁人嗎？你為什麼不想想，如果丈夫一旦死了，我該怎樣辦呢？現在他的不理你，也不管孩子，自然是他的不對，他不應該對自己的兒女放棄責任，他更不應該對你變心；然而理論是理論，事實是事實，他要這麼辦，你又把他怎樣呢？

我已經看到不知多少這樣的事實了，不管是男人遺棄女人；或者女人遺棄男人，一旦到了破裂的時候，法律無法制裁它，人情無法挽回它，這是一幕人生舞臺上的悲劇，實在無法避免的；唯一的希望，是悲劇中的主角要有堅忍不拔的意志，再接再厲的精神！你不能灰心，不能消極，只有忍受一切物質上和精神上的痛苦，努力向前掙扎，才能爭取生存。

阿南，寫了這一大堆，不知對你有無影響？是不是多少能增加你一點生之勇氣呢？

最後我祝福你拿出勇氣來戰勝痛苦和困難！

戀愛與結婚

朋友：

你來信要我對於戀愛與結婚，發表一點意見，這是個大問題，絕不是在短短的數千字裡能夠說得清楚的；為了不辜負你的好意，我就隨便說說吧，有不對的地方，還得請你多多原諒。

戀愛，在人生的旅途上，是不可避免的遭遇，她是一件和吃飯穿衣一樣那麼很平常的事情；然而在當事人看來，簡直是世間最稀罕最神祕的一件事。他們偷偷地幽會，偷偷地寫情書；假使某一方的家長是頑固的，他們在越不能自由戀愛的環境裡，愛情便越甜蜜，而且越能如火如荼、不顧一切地去爭取！他們可以為愛情自殺，或遠走高飛，什麼名譽，什麼學問，什麼事業，他們全不顧及，只覺得兩人的愛是偉大的，神聖的，誰也沒有權力來干涉，誰也沒有力量來阻止；他們彷彿像一對瘋子，什麼人也不需要，那怕世界上沒有一個親戚朋友同情他，他們也覺得沒有關係，甚至兩人都窮得沒有飯吃也不管，反正只要有「愛」便行。

「愛，我們痛快地愛吧，即使餓死了，也是甜蜜的。」

無論這話是出於男性或者女性，對方總會很高興地接受的。

戀愛像洪水，能夠沖破舊禮教的藩堤；

戀愛像烈火，能夠燒毀一切封建勢力；

戀愛像一顆炸彈，她可以把整個的生命炸毀！

可怕呵，戀愛是這麼熱烈，這麼勇敢，這麼不顧一切的一種潛在的生命力！

但是，戀愛有時是盲目的，在她的眼睛上，蒙上了一層厚厚的情感之網，她失去了理智的判斷，她什麼也看不見，除了愛；她什麼也不想，除了愛！她情願挨饑挨凍，情願失學失業，情願被洪水淹沒，情願被烈火燒死，情願被炸彈毀滅，誰要反對她戀愛，誰就是她的敵人！

於是他們兩人，在月白風清的深夜，緊緊地擁抱著，發出像囈語似的聲音：

愛，我們熱烈地愛吧，

這世間只有你和我，

只有我們偉大純真的愛。

真的，當一對情人熱戀著的時候，是絕對自私的！他們不要父母兄弟，也不要親戚朋友，他們常常有這種可笑的思想，總覺得自己是世界上最幸福的人，在這廣大的宇宙裡，別人都是傻子，都是沒有快樂，沒有幸福的，只有自己才是人間的幸運者，甚至有時還會漠視了他人的存在，「這世界，是只屬於我們兩人的！」

其實，這世界，真是屬於他們兩個的嗎？不！別人，那些千千萬萬的別人，也像他們一對一對地在互相擁抱著，在月白風清的夜裡，發出同樣的囈語，做著同樣的美夢。

不錯，戀愛是神聖的，是人生最寶貴的幸福開端；可是她如果失掉理性，一對靈活的眼球上，蒙著一層厚厚的情感之網，那麼她的戀愛將是盲目的，悲慘的！在快樂的後面，緊接著苦惱；在幸福的後面，緊接著慘痛。她的一生也許就會完全葬送在這「戀愛」兩個字上面了。

那麼，戀愛可以避免的嗎？

什麼才是真正的戀愛之道呢？

戀愛是人生所不能避免的，但她很可以用理智來處理。比方有立志做社會事業，或者從事某種專門學問研究的人，為了害怕戀愛結婚這些事來糾纏他，擾亂他的心神，妨害他的工作，所以他或她寧願一生抱獨身主義，或者等到學問事業有了相當成就的時候才結婚。這時候，也許有人在譏諷老小姐做新娘，老頭子做新郎，其實有什麼關係呢？戀愛與結婚是個人的事，只要與社會沒有妨礙，儘可自由戀愛，自由結婚。

至於戀愛之道，最寶貴的是在乎理智。往往一對青年男女，當他們在熱戀的時候，只有感情，沒有理智，只覺得對方是一個十全十美的人，沒有絲毫缺憾，乃至於一言一笑，一舉一動，都覺得美麗無比，所謂「情人眼裡出西施」，真是一點不錯；然而關於對方的思想究竟怎樣？性格如何？他的家庭環境怎樣？環繞在他周圍的朋友是些什麼樣的人？這一切都應該在戀愛的時候，調查清楚，觀察清楚。你在情人的面前，不要老表示出你的優點，使他愛慕，使他盲目地崇拜，你應該把你的思想，你的家庭狀況，你有那些特殊的個性也告訴他，使他完全認識你，了解你；如果他真是佩服你的，他一定愛你的坦白忠誠；否則，你把一切隱瞞起來，將來結婚之後，很快地便會露出你的本來面目，那麼不幸的悲劇便會開始了！

要知道，一個不幸的結合，寧可當初沒有戀愛。

同時你在觀察對方的時候，也要盡量搜尋他的缺點，不要只顧注意他的優點。你要故意找些問題來試探他的思想，比方你要充分地表示你的個性，你的思想；表示你是不能屈服在任何壓力之下的。他約你去看電影，有時你可以拒絕；他要請你吃飯，你說這時候另有約會，不能前往，看他有什麼反應。

在戀愛的時候，往往只怕不成功，所以彼此都想極力遷就對方，都想把自己的缺點藏起，而盡量把優點表現出來，於是雙方都只看到各人的好處；但一到結婚之後，不自覺地都現出原形來了，例如，在戀愛的時候，他請你去看電影，惟恐你不去，如今結婚之後，你想要他陪你去看電影，他也許會說：

「省下幾個吧，這片子沒有什麼好看的。」

在戀愛的時候，看到那幅一絲不掛的小愛神，拿著一支箭射穿一對男女兩顆心的「邱比特」的照片，這時兩人會脈脈含情地相視一笑，各人心裡想著：將來我們也會生出這麼一個可愛的小天使；

可是結婚之後，真正的「邱比特」哇的一聲降生在他們的小家庭之後，於是煩惱便緊接著孩子的哭聲來到了。

「真討厭，這孩子整天地哭，哭得我什麼事也不能做。」男的說。

「誰教你結婚的？做了父親，難道不管孩子？去，快去拿尿布來給寶寶換吧。」女的說。

於是男的只得無可奈何地站起來，丟下手裡的書本，替孩子找尿布。

朋友，在戀愛的時候，你也曾想到這些嗎？想到結婚？想到生孩子？想到他的家？想到他的事業和你的事業？他的志願，和你的志願是否不背道而馳？

戀愛應該有理智，不應該單憑情感，這是許多過來人的經驗之談。戀愛時，雙方應該盡量表現自己的個性，尋找對方的缺點，了解對方的身世；如果是經過慎重選擇後的結婚，一定是美滿的；否則，他們雖然結合了，到頭來還是落得一個離婚的下場。

所以很多初戀的結婚是失敗的，其原因就在於這是沒有理智的戀愛，沒有理智的結婚。

* * *

前面說過，在戀愛的時候，要用理智來支配情感，要慎重考慮這個人是不是可以和我同居一生？是不是可以和我同甘苦、共患難？假使有那些不滿意，千萬不要勉強結合；一到結婚，這時就應該讓感情處於主要的地位，兩個人處處要用情感來維持。生了孩子之後，自然要增加許多麻煩，他們不能像初婚的時候一樣去自由自在地看電影、逛公園、吃館子；女的必得餵奶、帶孩子、為孩子縫衣裳；男的必得多兼一份差，或者多寫些文章賣出以增加收入。在托兒所並不普遍的中國，生孩子，是一件最苦惱的事；尤其在普通一般公教人員的家庭裡，單靠丈夫出外做事，所賺的錢是無法維持一個家的，必得夫婦兩人同時出外工作，這時一個大問題又發生了：

誰管孩子呢？多雇一個老媽子嗎？太太的收入也許還不夠老媽子的開銷；不雇嗎？必需太太自己兼差，而受過高等教育的太太，又不甘願在家做奶媽當老媽，於是兩個人發生口角了：

「讀書有什麼用處呢？嫁了人就是生孩子，看家，和沒有受過教育的女人，有什麼區別？」女的發著牢騷。

「誰教你不去嫁個有錢有勢的丈夫，而做了窮公教人員的太太！」男的也咆哮起來。

這時，孩子的哭聲，大人們的吵嘴聲，充滿了這個小小的家庭。其實，有什麼可吵的？誰都不能怪，只怪得孩子們不應該在這個苦難的時候來到人間受罪；不！不！只怪自己為什麼當初要戀愛？要結婚？

有許多道理，在結婚之後，不能拿來清算，例如孩子是兩人的愛之結晶，誰也不能把責任推於對方，男的不能說：「撫養孩子是女人的工作」，女的也不能說：「負擔家庭，是男子的責任。」兩個人都要負起撫育兒女，維持家庭負擔的責任；而且要時時刻刻為孩子打算，寧可兩口子多吃苦，不能讓孩子受罪。

女人是特別富於情感的，她在結婚生孩子之後，往往還留戀初戀時的生活，她希望丈夫像向她求愛的時候一般溫存，上街的時候，她希望丈夫緊緊地靠著她，挽著她的膀子，看見一件什麼美麗的衣料，或者她愛吃的東西，立刻買來給她；但在丈夫方面，處處要為經濟著想，甚至自己走在前面，把太太丟在後頭，也是為了經濟時間的緣故。這時，你不要希望一出門，丈夫就為你雇車子，你要想到坐車子是要花錢的，最好還是勞動你們兩人的貴腿，省下幾個錢來為孩子買個小玩藝兒，或者買包糖來以換取孩子最親熱的一聲：「媽媽！」

如果說戀愛是詩的話，那麼結婚便是散文了！生了孩子之後，便是戲劇，因為那怕再好的夫妻，也會為了孩子而出演幾幕悲喜劇。

朋友，你看到這裡，心中起一種什麼感想？是害怕結婚呢？還是有勇氣接受結婚呢？

其實，結婚也像戀愛一樣為人生所不可避免的，我雖然很羨慕那些抱獨身主義的老小姐，她們自由自在，不受任何拘束，愛到什麼地方，便到什麼地方去；然而我並不贊成獨身主義，我以為這是壓制自己感情的一種酷刑，人類應該有家庭之愛、夫婦之愛、朋友之愛、社會之愛，無論缺少那一方面都是不健全的。

理想與現實，常常不能副合，在戀愛的時候，總覺得結婚是快樂的；可是他們只想著度蜜月的快樂，而沒有想到生了小寶寶以後的許多煩惱。

不過，話又得說回來，孩子雖然麻煩，可是他會使你得著快樂、得著安慰；這快樂和安慰，也許比你初戀的時候，愛人給你的還要甜蜜、還要純潔。當你在外面忙碌了一天回到家來的時候，孩子的笑容，和他一聲親切的叫喚，你會忘記了疲勞，忘記了在外面所受到的刺激與苦惱，本能地將孩子抱起來狂吻，你這時得到的安慰是無法形容的。

生了孩子之後，可能增加夫妻兩人的幸福，也可能減少某一方面的快樂。有些男人和女人是特別討厭孩子的，他們只圖自己享受，不願生孩子，這是根本錯誤的！不但戀愛結婚要負責任，就是交一個朋友，也該有信義，無論做一件什麼事，都應該盡責任！我們常看見這種人，結婚之後，男的不負兒女的負擔，或者女的不顧孩子的啼哭而一走了之，這都是沒有盡到做父母的責任，都是不應該有的行為！要知道夫妻兩人的感情不好，是兩個人的事情，與無辜的孩子絲毫沒有關係。

有了孩子的人，最好不要離婚，因為影響孩子的精神太大，不論孩子在他們離婚之後，由父親撫養，或者由母親撫養，都是一件很不幸的事情；當孩子想到他的媽媽或者爸爸的時候，那種深刻的痛苦，是我們想像不出的。

戀愛是甜的；然而一到結婚生孩子，便不斷地有苦來。人生沒有絕對的幸福，也沒有絕對的痛苦，幸福與痛苦永遠是連結在一起的。人類有克服環境的力量，他們能夠時時刻刻在痛苦中掙扎，奮鬥；所以遇到一個打擊來到，在當時是痛苦，事後回憶起來，未始不是另一種快樂，另一個新生命的開始。

最後，我再鄭重地說一句：男女在戀愛的時候，千萬要拿出理智來選擇對象，不要任憑情感的奔放，而走上不幸的結婚之路。

前面我雖然說了許多孩子麻煩的事；可是沒有一個父母不喜歡孩子的，所以孩子在家庭裡面佔的地位很大，有時他們是父母愛情的維繫者。

末了，我謹以至誠祝禱天下有情人都成眷屬，而且有個美滿的家庭。

三十六年元月十八夜於北平

忍耐是成功之母

白：

這樣的稱呼，不知你高興不？

自從那次發現了你，我似乎吃的並不是臭豆腐，而是一塊又酥又脆的香豆腐。我一看你的模樣，就知道你並不是操這職業的人，一定為生活所迫才來受這種罪；果然，我在〈中央副刊〉上看到了你的文章，你很有文學天才，你的生活經驗如果再豐富一些，再用功寫上十年、二十年，我想你一定會成為一個最有希望的女作家。

你和你妹妹來看我，正遇著我不在家，非常抱歉！你的來信我看了一遍又一遍，我同情你的處境；但又無法幫忙你。這種「心有餘而力不足」和「愛莫能助」的難受，你也許可以想像出來的。

你不要罵我殘忍，我是贊成你繼續過去的職業的，你不要認為那是一種最苦最不幸的工作，要知道你站在十字街頭的一角，有機會看透這花花世界，認清楚好人壞人的真面目，這是一個搜集材料的最好機會，別人做夢都想不到，你卻很容易地得到了。你好容易學會了一種謀生的技能，為什麼又要輕輕地放棄呢？我以為你至少再幹半年，也可以說你再磨練半年，假如你過去沒有從那些來來往往的男女老幼的身上，發現寫作題材的話，那麼你從今天起，重新照我的方法去觀察一番，包你有很大的收穫。

第一、首先你觀察男人女人的服裝和他們面部的表情；由他們衣著的華麗與樸素，可以看出他們的貧富和有沒有修養；第二步，你要注意他們的談話，什麼樣的人，說什麼樣的話，是描寫人物最要緊的第一課——語言。平時我們要描寫社會各種各樣的現象，各類人物的語言，感到非常困難；就拿我來說吧，我所接觸的社會是學校環境，我所經常接觸的人物是公教人員、軍人、學生。我沒有機會像你一樣整天站在十字街頭，去看川流不息的人群，去聽各種粗野的、溫柔的，和嗲聲嗲氣的怪聲音，看到那些令人作三日嘔，或者令人肅然起敬的壞的與好的現象；尤其當那些排成長蛇陣等著買票看電影的人在擠得大喊大叫，或者買票打起架來的種種怪現象，大可以供給你寫文章的材料。你從最熱鬧的黃昏到最寂靜的午夜，不知要看到多少好人和壞人，多少值得你同情、值得你歌頌；多少需要你咀咒，使你感到憤怒的事，真是罄筆難書；不過話又說回來了，那種生活，對於一個少女，的確太苦、太殘酷，有些幸福的女孩子，像你一樣的年紀，也許還在母親的懷裡撒嬌，或者正在教室裡受著完全教育；而可憐的你，卻不分春夏秋冬，不分天晴下雨，老是默默地站在那裡，兩眼注視著火爐，耳裡聽到炸油的響聲，一瞬也不敢疏忽；你小心翼翼地等候著來光顧你的顧客，他們之中有同情你的，也有輕視你的，說不定還有些無賴來奚落你、欺負你、侮辱你的。白，你不要害怕，你只要把臉孔一板，兩眼向前直視，你把正義的火光，由你的嚴肅的眸子裡射出來，那麼壞人就會感到害怕，感到慚愧。白，一個女人，尤其是年紀輕輕的女孩子，在社會上往往要受到許多無妄之災；可是只要自己站得穩，有勇氣抵抗外來的侵略，有智慧應付外來的變化，那麼你就不會上當了！

今天我很高興，月卿的病好了，她來看我；《婦週》也復刊了，她要我繼續寫書簡，我把你來信要找工作的事告訴她，她也說不容易。

白，最後，我勸你忍耐，一萬個忍耐！為了生活，為了等待反攻大陸，你必得忍受一切辛酸苦辣！我累了一天，這時連筆都提不起了。再見吧，祝你堅強地生活！

女人讀書有什麼用

梅：

你的信收到三星期了，我到今天才回答你，我知道你一定等得發急了。梅，我真不知道要怎麼對你說才好，你是那麼熱烈地希望我能給你一臂之助，我呢？真是心有餘，力不足。我深深地了解你的痛苦，你處在那樣的封建家庭，正如我幼年時代處在我那個封建家庭裡一樣。我把你的信反復地讀了三遍，而且給兩位朋友看了，她們都說：「一個只受過高小教育的臺灣女孩子，能夠寫出這麼好的信，真太不容易了！她的環境很壞，你應該盡力幫助她！」

是的，梅，我應該盡力幫助你；但是從什麼地方著手呢？你告訴我，你的家裡不是沒有錢不能供給你上學，你家在做生意，錢，不成問題，主要的是你母親反對你讀書，她說：「女人讀書有什麼用？」她要你學洋裁，要你學烹飪，要你學一切女人應當知道的家庭瑣事；你的哥哥更是比母親的思想還要封建，他不許你大聲說話，不許你看報、看書，不許你到外面去玩……天，這些精神上的壓迫，叫人如何受得了呢？你的母親是一個奇怪的女人，她自己也曾受過師範教育，當過兩年小學教員，如今她卻堅持「女子讀書無用」的主張；她不許你升中學，不許你自修，我不懂她是受了什麼刺激？還是受了有舊思想的朋友包圍，所以才產生那種錯誤觀念。梅，你是那麼渴望著求知識，你愛看書、看報，還愛投稿。你說報館把你的稿子退回來，你哥哥就痛罵你、譏諷你，因此你第二封信上叫我不要把信寄到你家裡去，託一位朋友轉給你。梅，你太不自由，太痛苦了！我越想越覺得你現在的處境完全和我少年時代一樣，所不同的是我有哥哥同情我，他鼓勵我去從軍，鼓勵我求自由就得遠走高飛。現在，我不能拿這類話來刺激你，原因是你太年輕，你只有十五歲，沒有一技之長，經濟不能獨立，還離不開家庭，如果我叫你冒險跑出來又怎麼辦呢？社會上壞人太多，種種惡勢力都在引誘年幼無知的女孩子走進火坑，我不主張你走這一條路，我只希望你拿出勇氣來和封建勢力奮鬥！

你的信上沒有告訴我你的父親現在做什麼生意？他在那裡？思想怎樣？是不是比母親開明一點？你要想法取得你家裡的同情，不要和他們處在敵對的地位，人是有感情的動物，只要你用感情去打動母親的心，只要你的理由充足可以說服她，我想也許不久你又可以恢復學校生活的。

下面，我再告訴你怎樣自修的方法。

你的字寫得很規矩，我希望你以後每天寫五百個小字，五十個大字，寫日記一篇，溫習國文一課，一星期寫兩篇文章，看兩本小說或者散文。你說你家裡錢不成問題，你可請求你母親給你多買書、買紙、買筆；不過，問題又來了，她既然不贊成你上學，自然也會反對你看書。照理你每天幫忙她把事做完了，餘下的時間就應該屬於你的。前面我說的要你奮鬥，就是暗示你要盡量爭取你應得的自由，比方你哥哥說你不該大聲笑、大聲說話，這是聲帶問題，假使你生來就是一副粗嗓子，自然沒法改變；要是你故意大聲笑大聲說話來氣他，那又何必呢？在小時候，我的母親曾教我唸過《四字女經》，裡面有：「行莫亂步，話莫高聲，笑莫露齒……」我當時就罵那著書的人不通，我質問母親：「笑，怎麼可以不露牙齒呢？」後來我一氣就把這本書燒了！

以你的程度，現在最好先看《魯濱蓀飄流記》、《天方夜譚》、《安徒生童話集》、《格林童話集》、《王爾德童話集》、《青鳥》、《愛的教育》……以及那些科學家、文學家、藝術家的傳記；這些有的能引起你讀文學名著的興趣，有的鼓勵你自修成功。讀了之後，你有什麼不懂的，可以來信問我，我會詳細地告訴你的。

最後我要提醒你一句，你要時時刻刻爭取你合法的自由；尤其將來的婚姻問題，你要完全自主！為了怕增加你的麻煩，我把你的名字改成了同音的，你該能原諒我的苦衷吧？祝你努力奮鬥！

談立志

朋友：

我已經有十年沒有寫公開信了，也就是說自從《綠窗寄語》絕版以後，便沒有再繼續下去；儘管我接到不少青年朋友來信，要我和他們談一談做人處世和讀書寫作的問題；但為了忙，僅僅為了忙，我沒有勇氣答應他們；今晚，師大的校友，也是你們的老師吳光華先生，一定要我替你們的校刊寫幾句話，我想：寫什麼呢？只有信，是我高興寫的，那麼就隨便和你們談談吧。

我真沒有想到自己會走上寫作這條路，我不但沒有天才；而且是個最愚笨的人。當我還在高小讀書的時候，就讀過都德的《最後一課》，那個小學生的故事，深深地感動了我，使我了解了亡國的慘痛，不能說自己祖國的話，不能使用祖國的文字。我心裡想：我們不是也在受帝國主義者的統治嗎？特別是日本所訂的二十一條，等於亡國的條件，我傷心極了。

——希望我長大之後，有一天能寫出像《最後一課》一樣的文章出來，那怕只有一篇，也就心滿意足了。

我偷偷地在內心發願，基於這個心願，我立志要多讀多寫；其實，說來可笑，一個小學生懂得什麼呢？

——不！在歷史上，多少革命先烈，學者專家，都是從小就立志的，遠的不說，就拿我們的總理孫中山先生來講吧，他不是從小就立志要推翻滿清帝制，建立中華民國嗎？結果，他果然成功了！漢武帝說的「有志者，事竟成」，不是明明告訴我們嗎？無論做什麼事，只要你立下志願，決不動搖，一定會成功的！

我這麼替自己辯護。

回憶一下，這是五十多年前的往事，我當時立下的志向，一直到現在，並沒有改變，也毫不動搖；所感到慚愧的是：我的文章到如今還沒有寫好。離《最後一課》，還差十萬八千里呢！

朋友，你們還在青年時代，正像剛出山的太陽，剛出土的嫩芽，只要你們趁早立定志向，不論從事文學創作，或者研究科學，或者做一個教育家，實業家……一定會成功的！

許多青年朋友來信問我：「要怎樣才能走上寫作之路呢？」我總是這樣回答他：

「先立下不把文章寫好，誓不甘休！」的志願吧，然後你沿著「多讀」，「多寫」兩條路走去，不灰心，不中途停止，不好高騖遠、眼高手低，只要肯虛心，不斷地努力，不斷地求進步，最後的勝利，一定屬於你的！

朋友，夜深了，今天我就寫到這裡，以後有時間再談。祝你們進步！

謝冰瑩上

有恆

朋友：

最近我實在太忙了，前次你們的吳老師來找我，我不在家，以為沒有見到他，正好賴一次，不繳卷；沒想到成功先生又來催了，我一看見他的名片，便感到這次再不寫，實在太不像話了！只好把要改的作文暫時放下，先和你們談談「有恆」。

在青年守則上面，有一條是「有恆為成功之本」，我相信成功先生他一定做什麼事，都是有恆的。說來慚愧，我對於這兩個字，有很多地方沒有下決心去實行，因此我到現在，還不會寫字，不會作詩，不會寫文言文，不會繪畫，假如我遵從先父的話，從小好好習字，不會到現在寫成一筆醜的鬼畫符。家兄曾罵我：「你的字，是世界上奇醜的。」我當時並不感到羞恥，反而很得意地說：「那不很好嗎？我成了世界上的特殊人物。」說這話，是在讀初中的時代。

父親常常把我寫給他老人家的信退回給我，要我規規矩矩地寫成正楷之後再寄給他。遇到這種情形，我真是欲哭無淚，只好一筆不苟地重寫一遍再寄去。

來臺灣之後，師大的同學及軍中的讀者，常常找我在紀念冊上題字，或者寄宣紙來要我寫幾個字留做紀念。我感到慚愧極了！有時竟會全身發麻，血液沸騰，想想我的字太醜了，如何見得人呢？於是我盡力推辭，把他們的紙藏在櫃子裡，一年、兩年、三年，如今一晃就是十多年了，我仍然不敢獻醜，也沒有把紙退還給他們；這件事在我的心裡，留下了一個永難填補的傷痕。

——從今天起，我要每天練字，那怕一天寫十個，二十個字也是好的，十年之後，一定會寫得像個字樣了。

我曾下過決心；而且實行了將有兩個星期，後來因為太忙又間斷了。我在心裡痛罵過自己；理智又替我辯護：「沒有關係，你已經接近老年了，在世上還能活多久呢？還是集中精神去教你的書吧，不要再練字了。」

朋友，為什麼我要把自己失敗的經驗告訴你們呢？因為我知道「朝秦暮楚」、「一曝十寒」、「見異思遷」、「虎頭蛇尾」……都是不能成功的致命傷！青年人，往往會在不知不覺之中，犯了上面所說的毛病中的任何一點，危險呵！我們的前途、我們的一生都要受到莫大的影響。

有許多人立志寫日記，有的寫幾個月不寫了；有的寫幾年停止了；可是也有的寫一輩子，一直到他生命的最後一天才停止。無疑地，最後一個人是成功的，前面兩個人是沒有恆心，半途而廢的。朋友，你要做那一種人呢？

朋友，請你不要嫌我囉嗦，也不要笑我這是老生常談的話，誰不知道有恆是一切學問事業成功之本；但是，實行起來，可真不容易，一定要咬緊牙根，下個決心，日夜不懈地去做，遇到困難，就要想辦法去克服它。

寫到這裡，綠衣使者送信來了，是一位名叫李展平的同學寄來的，他說從初二開始看我的《綠窗寄語》，便對文學發生了很大的興趣，如今他已是大學生了。我很高興，今天我要在你們面前發誓，我要繼續寫我的《綠窗寄語》表示我的有恆。祝

你們快樂

謝冰瑩上

不要等待明天

朋友：

時光像閃電，轉眼又到放暑假的時候了。我不知道你們有這個經驗沒有——每次在放假以前，總有一大堆計劃：看書、寫文章、旅行、看朋友……可是等到開學的時候，來檢討一下，總有十之七八沒有做到的，能夠完成一半，算是成績很好的，做到百分之百的，恐怕千人之中，難得有一個。

究竟這是什麼原因呢？太簡單了，只有「懶惰拖延」四個字，可以回答這個問題。朋友，你總不會否認吧？人是有惰性的，沒有人逼你，許多事做不成功的，上至國家大事，下至個人私事，假如沒有計劃，不限期完成，你想，這社會還會有進步，一切建設還能成功嗎？

——今天完不了，沒有關係，反正還有明天。

這念頭，不知道害了多少人耽誤了多少事。明天，這是一個看來很近的日子，只要過一夜，就是明天；可是問題發生了，明天，是一個永遠沒有完的日子，明天過了，還有無數個明天，許多人把希望寄託在明天，我也曾經被明天騙過；後來我下決心，儘可能「今日事，今日畢」。不要拖到明天，因為明天又有別的事發生，須要我們花去不少的時間去處理。

在假期中，日子過得特別快，你最好先把要看的書，要寫的文章，列一個表，像上課似的，完全按照作息時間表實行，一個星期做一次檢討，千萬要嚴格，不要寬恕自己；更不要替自己辯護，什麼天氣太熱啦，簡直不能用腦；什麼應酬太多，毫無辦法；最不能原諒的是：「人生有幾，何必這麼緊張，應該多多享受，反正事情永遠做不完的，還是得高歌處且高歌吧！」

朋友，假如你有這種想法，那就太危險了！古人早已說過「少壯不努力，老大徒傷悲。」這是他們的經驗之談，我們為什麼不引以為殷鑒呢？岳飛在〈滿江紅〉裡，不也說過：「莫等閒白了少年頭空悲切」嗎？我在幼年時代，每天看見父親手裡拿著書在看，我很奇怪地問：「爸爸，你讀了幾十年書，還沒有讀通嗎？為什麼不休息呢？」他老人家回答我：「學海無涯，書是永遠讀不完的，我們要活到老，學到老。休息，你每天晚上睡覺，不就是休息嗎？白天是應該工作的。」接著他又舉出大禹惜寸陰，陶侃惜分陰的故事給我聽，我當時不懂，到現在，我才深深地體會到父親當時的心境。人，在愈老的時候，愈想用功，多讀，多寫，多做點對社會國家有益的事業，因為他在人世間不知道還有多久，假如將大好光陰，犧牲在無聊消遣上面，未免太可惜了！

朋友，這封信我寫寫停停，停停寫寫，已經放下筆六次了。朋友們以為我放了假，都來聊天，不知道我整天都是忙的，再不趕快寄出去，又不知要拖到那一個「明天」了。

在暑假中工作，是萬分辛苦的，首先你要克服熱，克服蚊蟲，克服「明天」！千萬記著：「好好地計劃，限期完成」。祝福你們過著快樂而有意義的假期生活！

投在大自然的懷抱裡

朋友：

上次信上談到愛的煩惱問題，今天本想再繼續和你們討論戀愛與結婚；可是我的腦子裡充滿了大自然的美麗，充滿了山川的崇高與壯闊，這是祖國的河山，我彷彿回到了大陸，陶醉在長江一帶的風光裡。

你們看了上面一段話，一定會感到莫名其妙的；原來我離開臺北五天了，由日月潭而阿里山、嘉義、臺中，今天來到了梨山。為了答應貴刊的編者，一定在二十日左右寄稿來，我每天都在想著這件事；但實在抽不出時間，我陪著一位四十多年前認識的老朋友汪女士整天坐火車、汽車，欣賞風景，談少年時代的趣事，我真沒有時間和你們筆談；不過，儘管如此忙碌，如此勞累，我並沒有忘記你們，這是我的責任，也是我應該守的信用。

今天，我和你們簡單地談一談「達觀」的問題：

每個人對於人生都有不同的看法，有的人消極悲觀，有的人積極樂觀，還有的人開朗達觀。我以為不論他怎樣悲觀，如果常常和大自然接觸，他一定會變得積極、達觀；什麼原因呢？宇宙間一切的生物，都是向上生長的，你看熱帶有熱帶的植物，溫帶、暖帶、寒帶，各有它們不同的生物。阿里山的神木，經過了三千多年的風霜雨雪的摧殘，它還在生長；第二代、第三代木，儘管下面已經完全枯到只能拿來當做柴燒了；但它還在欣欣向榮地與萬物競爭。越到寒冷的地方，植物長得又快又好，花開得特別燦爛。朋友，你想不到梨山的杜鵑花正是盛開的時候，阿里山的聖誕紅，也滿山遍野地一片紅豔吧？小鳥的叫聲，也比平地的好聽多了，這證明，越到寒冷險峻的地方，生物的抵抗力越強，適應環境的力量越大。朋友，你該明白我的意思了吧？人為萬物之靈，他應該更具有與環境奮鬥的能力，更能克服一切物質的精神的困難，創造自己光明的理想的前程！

從小我就愛好大自然，登山涉水，不辭辛勞，我羨慕徐霞客、劉鐵雲；我希望我的身體還能讓我和大自然相處十年，即使老到要用拐杖爬山，我也心甘情願。朋友，你們在假期中，千萬多和山水接近，最好是登山，不但鍛鍊身體，而且使你的胸懷開豁，有「登泰山而小天下」之感。「萬物靜觀皆自得，四時佳興與人同」，這是個多麼美，多麼可愛的世界！朋友，你還有什麼煩惱呢？讚美它，歌頌它還嫌來不及哩！

非常抱歉！我不能多寫了，明早還要去天祥、太魯閣，今晚應該早點休息了。祝你們進步！

談青年的苦悶

「苦悶啊，苦悶！」

「這日子如何度過，實在太苦悶了！」

「我恨不得變一顆炸彈，把整個世界毀滅！」

「唉！度日如年，人生究竟有什麼意義呢？」

「戀愛，學問，事業，什麼都是空的，都是假的，完了！完了！一切都完了！」

「……」

好了，好了，我不再抄下去了，這是現代——五四以來的一部分青年人的苦悶，表現在他們的言語和文字上面。依我看來，這些都是無病呻吟；假若真正有煩悶的人，他只有兩種處理的方法，第一種是：什麼也不說，終日緊鎖眉頭，一言不發，煩在心頭；第二種是：想法解除煩悶，拚命用功讀書或者工作，借此來驅除煩悶，我是贊成第二種人的作法的；而且自己也是用的這種方法。

「唉！什麼是人生，簡直是人死啊！」一位青年讀者來信向我發牢騷。

前幾天接到老友許建吾先生自香港來信，真是無獨有偶，他也說：「剛剛打電話給老丁夫婦，報告姚文訓先生已於九月二十五日病逝星洲湯申律政府醫院，二十八日出殯，大家感嘆不已。他經過種種既痛且苦的爭鬥，終於倒下去了。唉！所謂『人生』，實係『人死』，乃人自出生，只有一條路可走，無論是直徑或是曲徑，總是走向『死路』也，二公以為然乎？明乎此，則當多尋樂趣矣！」

許建吾先生是我國三十年代的名詩人，臺灣的讀者，想必對他不會陌生，我們經常在電臺聽到的〈黑霧〉、〈山在虛無漂渺間〉、〈祖國戀〉……都是他作的詞，黃友棣先生作的曲，他們兩個人是老搭檔了。

我知道，許建吾先生所說的「人死」，絕對不是由衷之言，而是一時因姚先生之死有感而發，不像那位青年朋友的無病呻吟。老實說，我在二十歲左右的年齡，也曾經有幾次起過自殺的念頭，但當我臨到快要走上絕路時，我的腦子裡，立刻跳出來一個問號「？」為什麼要死？不死可以解決嗎？能不能找一位朋友談談？可不可以把我的痛苦發洩在紙上？

這麼一想，我就不想自殺了。

在南京的燕子磯石頭上，刻著六個大字：「想一想，死不得！」當初詩人朱湘就是投水自殺的；可惜他沒有看到這六個字；否則，我想他一定捨不得他的愛妻和兒女去死的。

現在，我們來分析一般青年人的苦悶，不外下列幾種：

一、受經濟壓迫。

二、戀愛失敗；或者想戀愛找不到對象。

三、事業受打擊；或者考不取學校。

四、受病痛折磨。

五、家庭有什麼問題。

六、其他。

以上不過舉些大概的例子，自然還有很多，人是感情的動物，有時衝動起來，理智不知道逃到那裡去了？一件芝麻大的事情，也會導致他走上自殺之路，拿生命來開玩笑，實在太不應該了！

解除煩悶的方法

現在我們再來簡單地談談解除煩悶的方法：

一、雙手萬能，我想誰也不能否認這句話。只要你肯下個做苦工的決心，我相信經濟決不會有問題，白天做工，晚上讀書的人很多、很多。我們絕不能守株待兔，等著中獎，等著發財；假如你能吃鹹菜、饅頭、稀飯過日子的話，我相信生活決不會發生問題。

二、對於戀愛，我始終相信一個「緣」字，所謂可遇而不可求。我以為戀愛結婚，只是人生的一部，而不是人生的全部。人，活在世界上，並不是只為了愛；而是與比愛更重要的事業，為社會、為人類謀求幸福。許多人沒有結過婚；可是他仍然活得很快活、很舒服、很有意義。多少男男女女，為學問、為事業整天在忙，到最後一口呼吸停止，自然有他的親戚朋友、老師、學生以及社會熱心人士為他料理後事，總不會讓他含恨而終，屍骨暴露。

三、至於事業受打擊，更不算什麼一回事，大丈夫能屈能伸，跌倒了馬上爬起來；受一次打擊，就可增加一份奮鬥的勇氣。「失敗為成功之母」，漢武帝這句格言，的確是經驗之談，我們千萬不要懷疑。

考不取學校，也值得煩悶，甚至自殺，更是笑話！今年考不上，明年來，明年再考不上，後年來。只要你有充分的準備，不氣餒、不灰心，總有一天會考取。萬一你是個處境困難的苦命孩子，根本不能進學校，那麼你只要自修，也會成為大學者的。

四、受病痛折磨，的確是很苦的，我有個朋友，中風十多年了，整天四肢發抖，非但不能作任何事情，而且要別人餵飯，大小便都要別人照料，她實在苦痛得想自殺。我每次去看她，就要安慰她；勸她好好地、勇敢地活下去，我說：「你一定要留得這條命回大陸！」她點了點頭，微笑了！大陸上有她的愛兒、媳婦和孫子，僅僅靠這一線希望，她勉強痛苦地在活著，她就是師大的教授龔慕蘭女士，已經七十歲了，舊文學的造詣很深，在大陸曾當過中學校長、教員，桃李滿天下。如今得了這種病，中西醫都束手無策，她除了忍耐達觀而外，還有什麼法子驅除煩悶呢？

五、家庭問題，青年人還不覺得什麼，到了中年，有些人就會發生一連串問題。例如夫婦不和啦，子女太多，負擔太重啦，事業不如意啦，受朋友牽累，傾家蕩產啦；或者家門不幸，子女做了太保、太妹啦……總之，家家有本難念的經，事之不如人意者十之八九。我們要有樂觀、達觀的心情，要有克服一切困難的奮鬥精神，要有面對現實的勇氣，才能立足社會，創造理想的事業，求得高深的學問，建設真、善、美、愛的人生。

我為什麼要說青年朋友喜歡無病呻吟呢？我曾經在師大一位學生的作文裡，看到他喜歡過流浪生活的語句，我問他什麼是流浪？他回答不出來。我說：「你在師大上課，有公費可拿，同學這麼多，家裡環境又好，怎麼想到要過流浪生活呢？」

由他我聯想到許多青年男女，都想離開家，不讀書、不做工，去過吉卜賽人的流浪生活。朋友，你想想，這是正常的思想嗎？這是大時代中的青年應該過的生活嗎？

為了時間的關係，我只能寫到這裡為止，最後，我希望青年朋友千萬不要無病呻吟。即使真的有苦悶，也要想盡方法來解除它；你自己的力量解決不了，可以請朋友和家裡的人大家來，共同為你解除困難，千萬不要悶在心裡，那樣會使你愁上加愁，悶上加悶的。

朋友，願你們在天朗氣清的秋天裡，有豐富的收穫！

談迷失

朋友：

很久不見了，你們都好嗎？時間過得真快，今天又是師大期中考試開始了，我特地提早一小時回來，為的是想趁這短短的五十分鐘，和你們談談「迷失」的問題。

常常在報紙副刊上或雜誌上，看到這樣的句子：「我們是迷失的一群，不知何去何從……」或者說：「我們失去了家的溫暖，我們四顧茫然」；「我們在十字街頭徬徨，不知走向何方？」「我們徘徊歧路，苦悶不堪……」。

奇怪，看了這些句子，我不忍心責備那「迷失的一群」，只有深深地同情他們。我了解他們所說的苦悶、徘徊、徬徨，一半家庭、學校、社會要負責，一半他們自己本身要負責，得不到家庭的溫暖，這固然是做父母的責任；但他也應該自己反省：「我對家庭盡過什麼義務？我對父母、兄弟、姊妹，付出過愛沒有，我給了他們溫暖嗎？」

再想一想：「學校的課業，我都按時繳卷嗎？我真的尊敬老師嗎？我逃過課沒有？我曾經因為戀愛而耽誤過功課嗎？……」至於社會，你也要想一想：「社會有很多壞風俗，為什麼我們不能改良它，反而受它的污染呢？」我們是青年，天天以國家的棟樑、未來的主人翁自居，試問，我有什麼學問，什麼本事，能擔當起社會棟樑的責任呢？我的學問基礎打好了沒有？我有正確的思想和堅強的意志嗎？朋友，要反省的事太多了，這裡我不想增加他們的負擔，我只問他們一句：

「你迷失了什麼？」

我希望得到他們的忠實回答，究竟苦悶的是什麼？為什麼要在十字路口徘徊？那麼多來來往往的汽車、卡車、摩托車，不會撞倒你嗎？出門之前，你應該有個目的地，有個方向，你不能無目的地在街頭漫步，正如你進了中學以後，你就應該立定志向，一步步走去，總會達到你的目的地的。

目前，我們的國家，正處在一個最艱苦，同時也是最偉大的時代，要說苦悶，恐怕每一個人都有這種感覺，只有程度的不同；就拿我來做個例子吧，我的苦悶比誰都要多：二十多年得不到大陸家人和親友的信了，每天日夜，我都會想念他們，我常常為「不知道要何年何月才能見到他們？」這個問題而苦惱，更為自己的身體一年不如一年而耽憂；最令我傷心的是：我的眼睛不許我寫字、看書，只要我閉著眼睛休息；否則，她就要流淚了，也許過去我用得太多，所以她現在提出抗議。你想：在這種情形之下，我能不煩悶嗎？有時我氣起來時就想：管她呢，我偏要看書、寫稿，由她去眼痛、流淚吧，有一天，到我雙眼失明時，我就要永久休息了。

如果我真的這麼消極，那就未免太不中用。我要樂觀、達觀，還像青年時代一樣朝氣蓬勃，在內心裡時常想到：我沒有老，我還在中年，有許多事待我去做。這麼一來，我非但沒有煩惱；而且非常快樂，真有老當益壯的趨勢。

朋友，我相信你們決不會喊迷失的，你們早已認清了自己的目標，正在努力向著光明的前途勇往邁進，我祝福你們每人都有個快樂幸福的未來！

有計劃的讀書

朋友：

光陰像閃電，兩個月的暑假，一眨眼就溜走了，距離我授課的日子，只有一星期，我彷彿覺得昨天才放暑假。我難過，我恨自己為什麼讓日子白白地過去，除了日記，兩個多月，我沒有寫過一個字的文章，一想起，我就恨，我太沒有計劃了，這個暑假我被兩個會耽誤我的寫作：一個是亞洲作家會議，一個是世界作家筆會，前者在臺灣的中泰賓館舉行，後者在韓國漢城開會，我真後悔不該參加的；否則我的旅美遊記，說不定早已完成了。

朋友，寫到這裡，我自己檢討一下：有許多事失敗於沒有計劃；或者有了計劃而實行不徹底，因此才有半途而廢或者有始無終的結果。後悔，自恨，懊惱，都是於事無補的，過去的就讓它過去吧，最要緊的是把握現在，那怕一分鐘，一秒鐘也不讓它虛度。

朋友，所謂有計劃的讀書，是指在開學之前，就要對於這個學期做一通盤的計劃：除了每天或者每夜上課之外，你還有許多時間可以利用它來讀書、寫作的，那麼，你首先要計劃好這個學期要讀完那幾本書？或者學一門技能，把打字、珠算學好？開始學著寫文章，投稿？或者把《四書》讀完？把英語的基礎打好？把毛筆字寫好……總之，只要你有計劃，能把握時間，一分一秒不輕易放過，那麼你一定有收穫，不會白白地度過了寶貴的光陰，到後來落得滿腦子的懊悔、怨恨。

我自信是個會利用時間的人，每個月上公保看病時，我總是帶了書和紙筆去，有時看書，有時改作文、寫小說、回信。我看見許多病人，有的坐在那裡打瞌睡，有的呆呆地不知在想什麼，也有寫字看書或者打毛衣，穿珠珠錢包的；不過這究竟是少數。我很奇怪，為什麼他們不愛惜這幾小時呢？排隊掛號到看病、取藥，整整要一個上午或者一個下午，至少也要四、五小時，實在太長了！朋友，你們之中，一定也有去過醫院的，在等候掛號、看病、取藥這個時間裡，你怎樣打發它呢？希望你告訴我。

常常聽到一些青年朋友向我發牢騷：「我不知道如何利用時間，一個假期不知不覺地什麼也沒有做，連一本小說也沒看完就過去了，真冤枉！真冤枉！」

這就是因為沒有計劃的緣故，像我今年暑假，原來是計劃每天寫兩千字的遊記的，後來為了參加兩個會議，把我的計劃整個破壞了，現在我重新來分配這個學期的時間，我要繼續完成暑假未竟的工作。朋友，一個好的開始，就是成功的一半，你不能不承認的。

祝你努力

謝冰瑩上

一年之計在於春

時光像閃電一般，五十八年又完了！這一年來，我感覺日子過得特別快，而事情卻做得特別少；我難過，我懊悔，我恨……仔細想一想，客觀地檢討一下，我並沒有偷懶，也不曾浪費時間。為什麼？為什麼我今年的寫作成績是這麼壞呢？平時，每年我總要寫三四十萬字，今年還不到一半。唉！我的創作能力衰退了，這是無可奈何的事，朋友，為什麼我要把自己的牢騷向你們發洩呢？我要告訴你們，「少壯不努力，老大徒傷悲」。過去，我不了解這兩句話的意思，我只知道，過了今天，還有明天；而且這個明天是永遠沒有完的，有什麼關係呢？何必要今日事今日畢，那麼緊張，那麼忙碌，所為何來？

朋友，我還告訴你，小時候，我不知道多麼羨慕大人。我恨自己長得太慢，希望有奇蹟出現，有什麼神力使我一夜變成大人。那時候，我感覺日子過得太慢了，真有度日如年之感；過了六十歲以後，我忽然覺得度年如日了。原因很簡單：人在少年、青年時代，是不了解珍惜時光的，到了老年，才知道活在世間的日子愈來愈少，而想做的事，卻越來越多；尤其在力不從心的情形之下，真有「人生不滿百，常懷千歲憂」之感。朋友，我現在要告訴你的是：怎樣愛惜你的光陰？怎樣在一年的開始，做一個詳細而具體的工作計劃？

古人說「一年之計在於春，一日之計在於晨，一生之計在於勤」，真是一點不錯。不知道你有這個經驗沒有？每天一過了十二點，這一天就完了，所謂「年怕中秋月怕半」，也就是這個意思。在這五十九年將要來到的時候，你要把這一年的工作計劃，按照十二個月的進度，精確地寫出來，要像你寫一月的收入和支出的預算一樣。我們知道，金錢的收入，應該多於支出；而光陰的支出，也應該少；工作的進度應該快。這是一般人很難做到的，我們一定要從愛惜一分一秒的時間做起。我知道青年人最喜歡聊天，有時一連談三四個鐘頭也不厭倦，更不覺得浪費了時間可惜，朋友，你有這個毛病嗎？如果有，千萬要馬上改掉。

「一寸光陰一寸金，寸金難買寸光陰。」我又要引古人的話來奉勸你愛惜時間了。也許你早已讀過朱自清的〈匆匆〉，他一定也像我一樣，到了中年以後，才感覺時光老人的可愛，值得留戀，於是以他親身的經驗，來勸告朋友們，趁著年輕的時候，把學問和事業的基礎打好，在文章裡面，他雖然沒有明說，但他的整篇主題，就是愛惜光陰。

朋友，也許你看厭了，說來說去，老是這一套；可是我還想再嚕嗦一句，時光比生命還要寶貴，你浪費一分鐘，便是浪費你生命中最可愛的希望和前程，你要緊緊地抓住它，使每一分一秒，都要用在你的工作上，學問上。

再談吧！朋友，這是五十八年給你們的最後一封信，祝福你們新春愉快，學業猛進。

青年模範林覺民

朋友：

又到了一年一度的青年節，每到這天，我便有無限的感慨：這是一個用先烈們的熱血和頭顱換來的日子，想想辛亥革命的前夕，集中在廣州的愛國志士們，是多麼激昂慷慨、悲壯英勇！他們早就許身國家民族，情願為消滅腐化貪污的滿清政府而犧牲；他們不計成敗，團結一致地在國父孫中山先生領導之下為建立中華民國而奮鬥犧牲。

在黃花崗八十六位死難烈士當中，最使我感動，給我印象最深的是林覺民烈士。朋友，你也許要質問我：「同樣的都是為國犧牲的愛國烈士，怎會有厚薄之分呢？」

其實，我不回答，你只要仔細一想就知道了，原因很簡單：別的烈士，有的沒有寫遺書，有的只簡單地寫幾句；而獨有林覺民烈士給他的父親寫了簡短的遺書之後，還能從容不迫地給他的妻子意映，寫那麼長的一封訣別書，真是情意纏綿，一字一淚，令人不忍卒讀。記得我在中學的時候，我們的國文老師，曾經選了這封絕筆書給我們讀，講到一半，我就流下眼淚了，有位同學還笑我太多情，後來我也罵她是鐵石心腸。朋友，你們讀過這篇文章沒有？如果讀過，最好熟讀它，希望你一字不漏地背誦出來；假如還沒有讀，那麼趕快去找來細細地欣賞，我想中學國文課本上，一定選了的。

前面我說過，在這些烈士當中，我最佩服林覺民，實在因為他是個文武雙全的人，他的文筆是那麼簡潔流利，深刻動人。他對父親至孝，對妻子的愛情又是那麼真摯、熱烈、纏綿。普通一般人，在將要死之前，不是消極、頹廢、傷心，便是憤慨、躁急；而林覺民烈士，真有視死如歸的胸懷，他一點也不恐懼，絲毫不激動，他把全副感情貫注在這封千古傳誦的遺書裡，他勸意映不要因他的死而傷心，要知道人是隨時隨地都可以死的，勸她為了兒子依新和腹中的胎兒，還有一家老小要好好地生活著。「吾家後日當甚貧，貧無所苦，清靜過日而已。」

好一個「貧無所苦，清靜過日」的人生觀，這是多麼清高而又達觀的佳句！

「……吾居九泉之下，遙聞汝哭聲，當哭相和也！吾平日不信有鬼，今則又望其真有……」「吾今不能見汝，汝不能捨吾，其時時於夢中尋吾乎？一慟！」

最後這一段，不知引出了多少人的熱淚，朋友，希望你們多讀幾遍，仔細揣摩文中每一個字，每一句話的意思，我要特別介紹這封遺書，實在寫得太好，太令人感動了！古語說：「慷慨赴死易，從容就義難。」林覺民烈士不但是從容就義，而且在就義之前，能夠有條有理，寫成這麼一封情文並茂的遺書，可以看出他平日的修養。在學校，他一定是個很聰明、很用功的學生；要不然，他的文筆怎會這麼優美呢？

朋友，我們紀念青年節，就應該以先烈們做我們的模範，學習他們的愛國思想，學習他們的人格修養，學習他們的奮鬥犧牲精神！

朋友，這是一個艱苦的時代，也是一個偉大的時代，我們的責任是這麼沉重，用不著我多說，你們一定早已在準備怎樣做國家的棟樑了。

敬祝你們努力

謝冰瑩上

祝福

朋友：

當你們聽到驪歌高奏的時候，心裡一定充滿了複雜的情緒：一方面是高興；另一方面是難過。高興的是：你們的學業，已經告了一個段落，你們比初進學校前，獲得了許多做人與做事的知識，你們的學問增加了，自然感到莫大的高興；難過的是：每天和你們相處，循循善誘的師長，切磋琢磨的同學，一旦要分離了，怎不使你留戀、傷心？

人類的感情，是微妙的，當彼此都是陌生，互相不知對方姓甚名誰的時候，是沒有感情的，也談不上禮貌。例如：我常常擠公共汽車，十回有九回是站著的，那些年輕的壯丁和健康的中年人，沒有人讓位給老弱婦孺，因為他們是陌生人，彼此不認識；假若遇到一個熟人，那怕只有一面之緣，他也會站起來和你謙讓一番，由此推想，我們相處得愈久，愈有感情，「黃鸝住久渾相識，臨別猶啼四五聲」，唐代詩人，早已寫出了我們的心聲。

可是，朋友，天下沒有不散的筵席，今天在你們既興奮又難過的畢業典禮上，我有三點希望：

第一，尊師重道：

這是無可諱言的事實，我國的風氣，目前，實在壞到了極點，有不孝子勒斃父親的；有不良學生砍死老師的；有終日無所事事，在街頭巷尾惹是生非的太保太妹；也有躲在防空洞裡，幾十天不洗臉、不換衣服、一身奇臭的嬉皮……至於不上課專講戀愛的大學生，調皮搗蛋毆打老師的中學生，更是司空見慣，不足為奇。朋友，我知道你們是最講禮貌，最富感情的，你們懂得「生我者父母，教我者師長」，知道怎樣尊敬老師，用做好人、讀好書、創造好事業來報答師長們教育的恩惠。

第二，繼續努力：

學無止境，學海無涯，這是誰也知道的。我們的光陰有限，而要探求的知識，實在太多、太多了！畢業以後，你們還要本著過去夜以繼日的苦學精神，更加多求高深的學問，將來好造福社會，服務人群。

第三，克服困難：

人生如航行大海的船隻，總有遇到暗礁或者狂風暴雨的時候，千萬不要害怕！只要你把穩方向盤，不走錯路，一定不會觸礁的；至於風暴，只要我們懂得「天有不測風雲」的道理，暫時把船停住，等到雨過天青，又可揚帆遠征了！

朋友，人生的道路漫漫，有時是崎嶇的羊腸小路，有時是平坦光滑的柏油大道，你要處逆境不灰心、不氣餒；處順境不驕傲、不靡爛。「常將有日思無日」，那麼你一定能應付環境，克服困難的！

畢業是你們的大喜日子，我謹以至誠為你們祝福：這時候，溫暖的陽光，照在常春藤的綠葉上，發出閃閃銀亮的光輝，這是象徵你們前程的遠大、光明，象徵東海中學的未來無量！

朋友，人生何處不相逢，不要難過，拋棄離愁，讓我們互祝一聲：珍重再見，前程萬里。

失戀了，怎麼辦？

朋友：

感謝你在農曆除夕的晚上，給我一封限時信。你的信，寫得那麼熱情如火，那麼直爽坦白，我本想將它公開；但沒有得到你的許可，我不能這樣做。朋友，請原諒我用平信答覆你的問題；不，我是希望你來舍下，好好地和我談談，傾訴一下你所受到的委曲。我知道你一個人在宿舍的寂寞生活，為什麼不到同學家裡去過年呢？難道沒有一位同學邀請你嗎？

像你那樣的信，我經常收到，也許她們都像你一樣信任我，喜歡把心中的祕密悄悄地告訴我，我是多麼感到高興而榮幸啊！朋友，你叫我的名字，有什麼不可呢？不過我老了，你應該稱呼我老師的，你以為我還是少女嗎？我的孫女都會走路了。像閃電一般的光陰，早已消逝了我的壯年，如今我是個白髮蒼蒼，齒牙脫落的望七的老人了，你不覺得奇怪嗎？連我自己都不相信，老得這麼快，這麼難看；幸好我的童心未泯，我的熱情和意志沒有老，所以我仍然能和青年做朋友，和他們一塊兒聊天、歡笑。除夕晚上，有八位青年在我家吃年夜飯，他們下棋、玩撲克、喝酒、吃韓國式的年糕湯、北方餃子、南方菜、上海式、臺灣式的年糕……實在太高興了！

你一定奇怪，為什麼還不回答你的問題呢？

朋友，你的煩悶，也是一般少女的煩悶。正當情竇初開的時候，認識一個你喜歡的異性，於是就一往情深，想他，愛他，恨不得他天天陪伴在你的身邊，像電影、電視上的親熱鏡頭一樣；假如對方也像你愛他一樣那麼愛你，自然你們是很快樂的；萬一像你所說的男友一樣，突然變了，對你冷酷無情，傷害了你的自尊心，於是你恨他，也恨自己太容易自作多情了，你覺得被人欺騙了感情，受到莫大的侮辱；而最難堪的，是同學們會竊竊私語，在背後指指點點，說你失戀了，被男朋友拋棄，你受不了，於是只好躲在被窩裡暗自哭泣，責備自己做了一次大傻瓜。（這是你來信上說的）

朋友，這種遭遇，不只你有，許多男孩、女孩，都有這種經驗；只是有的藏在心裡，不發洩出來；有的寫在文章、日記裡；有的像你一樣找一個對象寫信發洩一下；有的很達觀，他想：「天涯何處無芳草？」失戀了怕什麼？我會再來一次更積極的追求，更完美的戀愛。

這麼一來，他真的化悲哀為力量，重新有了上進的精神，說不定他很快地就得到了勝利，應了「失敗為成功之母」的格言，他又沉醉在愛河中了。

朋友，你也有這種勇氣嗎？我以為誰都應該有才對。人生在世間，不論什麼事（包括戀愛與結婚）有成功，便有失敗。試看古往今來的英雄豪傑，有失敗的，也有成功的。多少人在戀愛的時候，甜甜蜜蜜，當一對新人雙雙挽著手兒走進喜氣洋洋的禮堂時，誰不羨慕他們是天生的一對才子佳人，曾幾何時，他們鬧離婚了；或者生了兩三個孩子之後，男的另結新歡，女的別有所戀；於是可憐無辜的孩子們，成了無父無母的孤兒了！自然，這種人是不對的，太自私了，對愛情認識不清楚，對子女不負責，他們還算人嗎？

朋友，我說了一大堆，還沒有告訴你，究竟失戀以後怎麼辦呢？老實說：談戀愛，等於買愛國獎券、買馬票，你能說一定會中嗎？完全靠運氣。交男女朋友，你能說一定會成功嗎？我的答覆是不一定！有的生平只戀愛一次就結婚了；有的一連失戀好幾次也不成功；於是他絕望、灰心，從此抱獨身主義，把全副精神寄託在學問或事業上面，這種人是令人欽佩的，他不叫苦，不叫悶，默默地埋頭工作，為社會人群服務。朋友，你還年輕，你不會找不到理想的伴侶，我相信你即使初戀失敗了，還可以再戀，甚至三戀；可是，記著，失戀一次就應該得到很寶貴的經驗，仔細研究為什麼會失敗？是對方有缺點，愛情不專一，視愛情為兒戲？還是你自己有毛病，例如不上進、嫉妒、虛榮……我知道你一定沒有這些缺點，那麼他為什麼突然對你的感情起了變化？你要冷靜地、理智地分析一下，然後才能找到正確的答案出來。

朋友，不怕你聽了不高興，我要奉勸你：像你這種年齡，目前談戀愛還嫌太早一點，你應該進了大學之後，才開始和異性交際。目前你要努力讀書，多交幾個同性朋友，她們的學問有比你好的，你就向她請教；比你差的，你就教導她。在深夜，在清晨，你應該每日三省：

一、我的父母為什麼送我讀書？我要怎樣努力，才能對得起他們？要怎樣才能報答父母的恩惠？

二、我的每門功課都好嗎？如有不及格或者考得不理想，我要怎樣下苦功夫？才能補救？才能對得起老師？

三、我正在青年時代，記憶力強，身體好，我應該好好努力，創造我未來光明燦爛的前途；假如我糊裡糊塗地過日子，將來我怎麼辦呢？我用什麼學問技能來立身處世呢？

朋友，只要你這麼一想，我相信你就不會為失戀苦惱了，你自自然然地會警惕起來，努力看書，練習寫日記，寫文章，把感情寄託在家人、師長、同學、親友上面，你就不會為某一個人浪費你的感情，犧牲你寶貴的光陰了！非常抱歉，這幾天因為不斷有朋友、學生來拜年，我忙於接待，不能多寫了，祝你理智起來，戰勝苦悶，戰勝寂寞！

把感情武裝起來

朋友：

真對不住，今天收到你的第三封信，而且又是限時信，我不能不趕快答覆你的問題。這三個多星期來，我實在太忙了，閱卷、回賀年卡、寫信、還稿債，把我忙得暈頭轉向，晚上熬到一點多才上床，事情也做不完。知道了實情以後，我想你會原諒我的。

朋友，讀完你的信，我也像你一樣，感到萬分難過，為愛情煩惱，這是每個青年男女所不能避免的，只是程度有深淺而已。有的兩人一見傾心，彼此相愛，一帆風順地達到結婚的目的；有的歷盡千辛萬苦，遭受種種打擊，好不容易爭取到幸福，可是後來又發生不幸——離婚了！也有為愛情而雙雙服毒或者跳水自殺的；也有單戀著對方而毀滅自己的；更有最下賤，最殘忍的人，因為得不到對方的愛而用殺人，毀容的手段來滿足自己野心的。

愛情，愛情，真是又可愛、又可恨、又可怕的名詞，世界上不知道有多少人為她迷醉，為她顛倒，為她痛哭流涕，為她心碎腸斷，為她狂笑高歌……

好了，我不必多費筆墨來描寫愛的幸福和痛苦，我要回答你的兩個問題：

第一，你問我怎樣選擇對象？

老實說，愛情是很微妙的東西，她可以悄悄地來到你的心中，但不能悄悄地離開你。可能你深深地愛著一個人，但對方絲毫也不感覺；同樣地，你不喜歡的人，他卻在熱烈地追求你，大有「非卿莫娶」的決心，天下事往往有這種矛盾，這是無法避免的。

我以為選擇對象的第一個條件是看對方的品格好不好？性情是否與你相近？家庭背景怎樣？別人對他的批評怎樣？有無志氣？學問差一點倒無所謂，只要他肯虛心，肯上進，那怕生了兒女之後，他還可以去讀書的；最怕的是遇著一個花言巧語，浮而不實的人；或者個性很強，好高騖遠，目空一切的人；甚至好吃懶做，只會逢迎吹拍，貪贓枉法的人；那麼她的一生就葬送了。

因此，我認為不論男女選擇對象，都要看他的內在美，外表是否英俊、漂亮、美麗，並沒有關係，因為不是選美，不是選明星、歌星，只要五官端正，大大方方就行。有些愛慕虛榮的女子，選擇對象的第一個條件看他有沒有錢？是不是大官的少爺？這是大錯而特錯的！因為錢是最不可靠的，萬貫家財，可以毀於一旦，達官貴人的子弟，憑著他們在社會上的地位虛名，可以玩世不恭，只顧享樂而不上進，這種人，絕不是理想的對象。

第二，失戀了怎麼辦？

朋友，這是個很難回答的問題，我雖然沒有過失戀的經驗，但我曾親眼見過失戀的朋友，她們悲觀、消極、頹廢、自暴自棄，對一切沒有興趣，對整個人生失去了希望，我常勸她們：把感情武裝起來！這是我在青年時代常說的一句口頭禪。我認為人生在世，應該重視的第一是學問，第二事業，第三親情，第四友情，第五愛情，為什麼我把愛情放在最後呢？那意思是說可有可無的，有，固然很幸福，由許多理想的好家庭，可以組成一個理想的社會、國家，但愛情沒有，也無所謂。試看許多大科學家、哲學家、音樂家、文學家、宗教家、教育家……他們有的一輩子是光棍；有的結了婚又離開；有的同床異夢，過著很痛苦的日子，人的感情是多方面的，不是全部給與一個人的，例如拿家來說吧：有父母、兄弟、姊妹的愛、親屬的愛；學校有師生之愛、同學之愛；社會有朋友的愛、同事的愛、有廣大的人類愛，所謂處處有溫暖，人人有熱情。可能你失戀了，從家庭、從朋友處得來的安慰和快樂更要多，更要真摯。

我常常告訴師大的同學們：假如你們失戀了，只當做那是一個不祥的夢，夢醒了，就忘了它吧，你還可以做第二個美夢的，我是絕對反對為失戀而自殺的，朋友，你冷靜地想一想，我們的生命是應該為國家民族而犧牲，還是應該為一個人而犧牲呢？

我對於戀愛的看法，不知道你同意不？我真的希望你把感情武裝起來，不悲哀，不傷心，不流淚，假如你真的有那麼一天失戀了，趕快去找你的知心朋友傾訴吧，她會給你安慰，給你鼓勵的；還有，跑到圖書館找幾本很好的世界名著或名人傳記之類的書來看，包你會把感情的方向轉移，理智若能戰勝了情感，你就不會有苦痛了。

本來還想寫下去，奈何電話來了，說完話，又有師大的同學來了，這封信就寫到這裡打住吧。

祝你

新春如意

謝冰瑩

怎樣看小說

這是十多年前的往事：

一位某女中的學生來找我借書，一開口，便要借十本。

「十本？太多了吧？你怎能一下就看十本？」

我驚訝地問她。

「可以！可以！十本書，還不夠我看三天的；有時我一天要看四五本呢。」

她很得意地回答我。

「請問你是怎樣看的？」

「我照例翻翻前面，翻翻中間，再翻翻後面就完了，我是跳著看的，只看他們的戀愛故事，不耐煩一字一句地看下去。」

「啊，原來如此，這種看書的方法，我還是第一次聽說，你有什麼心得嗎？」

「沒有什麼心得，不過知道故事的大概而已。」

「那麼，小朋友，我的書恕不出借了，師大的同學來我這裡借書看的，都要繳一篇書評；否則，就不借給他。你呢？看完之後，也可以寫一篇讀後感給我拜讀嗎？」

「不敢，不敢，我不會寫。」

她的臉羞得通紅，我連忙安慰她：

「你千萬不要害怕，我雖然話說得很嚴厲；但書還是要借給你的。」

於是我花了將近一小時的功夫，告訴她看小說的方法。

其實許多人都愛看小說；可是懂得欣賞小說的人並不太多。不要以為少年、青年朋友有些不懂得看小說的方法，就是一些中年、老年人也往往愛看消遣性的小說，而把真正有價值的文藝，當做「傷腦筋」的作品，不喜歡看它。

究竟我們應該怎樣閱讀小說呢？

一、選擇

不經過一番選擇，隨便什麼小說亂抓來看，這是最浪費時間，損害腦筋的。少年朋友有家長和老師指導你們，那些書好，看了對於我們有意義；那些書不好，看了對我們有害處，我們應該遵循，不可存相反的心理：「他們不許我們看，我偏要看。」這是一般青、少年的心理，所謂好奇，唱反調，等到他上了當之後，才知道：「不聽老人言，吃虧在眼前。」

選擇小說的標準：

1. 主題是否正確？
2. 文字通順流利嗎？
3. 故事近人情嗎？能引起讀者同情嗎？
4. 結構緊湊，有條理嗎？
5. 時代背景，社會背景表現得很顯明嗎？
6. 人物性格描寫，心理描寫很突出、深刻嗎？
7. 辭藻優美生動嗎？
8. 寫作的技巧高明嗎？

好了，寫了這麼多，也許少年朋友要嫌我嚕嗦了。我是希望你們看一本書，就要有一本書的收穫——心得，不冤枉浪費你們的時間和精神，因為讀一本好書，可以使我們的文章進步，思想正確，充滿了希望，有樂觀進取的精神；反之，讀一本灰色或者黃色的低級小說，會使人灰心、喪志、頹廢，甚至走上自殺之路，首仙仙就是一個例子。她看過不少小說；可惜不懂得選擇，也不知道批評。有人說她成熟太早，我認為家長和老師沒有好好地指導她，這是個大原因。

二、寫筆記

我從高小看世界短篇小說開始，便練習寫筆記，到如今已有五十多年的歷史了。每次看小說時，我的身邊一定放著一枝筆和一個本子，遇著有好的句子，我把它抄下來欣賞，有的可以做為座右銘；有的也可以在自己的文章裡引用。有些世界名著，翻譯得很壞，句子往往長達五六十個字還不說，最糟糕的，是文字不通。我國有一位翻譯大家林紓（琴南）先生，他不懂外文，全靠別人講給他聽，然後筆錄下來，他一共譯了一百多部，對於我國新文化，有莫大的貢獻。他用文言譯作，因為文字流利，所以能吸引讀者。

寫筆記，也就是中學國文老師要大家寫的讀書報告，在這類題材裡，主要的，是要你平心靜氣地說說這本書的優點在那裡？缺點在那裡？使你感動的是什麼地方？看完之後，你要靜靜地思考；最好和同學、朋友研究，聽聽他們的批評，也許有些好句子你沒有留意，他卻發現了。俗語說：「三個臭皮匠，抵得個諸葛亮。」孔子說：「三人行，必有我師焉，擇其善者而從之，其不善者而改之。」我們讀書也應該抱這種態度，一個人的見識有限，如果集合好幾個人的意見，就可以由我們選擇了。

我記得民國三十二年在桂林見到巴金，（他叫李芾甘，是我國有名的小說家，著有《春》、《秋》、《家》、《滅亡》等，現在大陸被共匪清算）和他談起他的小說來，他要我批評，我說：「你的小說，什麼都好，只是主題太消極，看多了，會有人去自殺的。」

「真有這麼大的影響嗎？」他表示懷疑。

「哼！說不定還會集體自殺呢！」

「那麼我以後要改變作風，不再消極了！」

親愛的少年朋友，你一定喜歡看小說，而且看了不少的小說，那麼我問你：你曾經仔細分析過一篇或者一部作品的內容嗎？經常寫讀後感沒有？我希望你看的都是有益身心的書，都是健康的作品，不但對你的寫作有幫助，而且會指引你走上光明、快樂、幸福的坦途。

可以寫陌生的背景嗎？

勉之先生：

你九月十一日的信，由本刊編者轉來很久了，只因眼疾未癒，使我拖延到今天才答覆你，非常抱歉！我想你如果知道兩年來，我為「飛蚊症」所苦，一定會原諒的。

現在我來回答你提出的三個問題：

一、南宮摶、高陽先生他們寫歷史小說，有的起家，有的成名，我說要寫親身經歷的題材，豈不自相矛盾？

其實，並不矛盾，寫歷史小說，我們自然無法回到那個朝代去，即使你想寫北伐時代，抗戰時代的故事，你沒有參加過當時的工作，全部資料只有靠別人的傳說以及報紙、書籍的記載來寫它，小說，多少情節和背景，都要靠想像來完成它；但是你必須寫你最熟悉的題材，不能露出馬腳，要使讀者看起來，有身歷其境之感。好比明明是一個虛構的故事，由於作者的技巧高明，處處佈置得天衣無縫，看的人就以為是真實的故事；否則寫作技巧失敗，真的故事也會變成假的，一點不能感動讀者，更不要希望引起讀者的共鳴了。

寫歷史小說，更需要作者搜集更多的材料，並非要他們去體驗那種生活，這是很明顯的。

二、你說寫小說「有時為著情節『風趣』或什麼，而憑空『捏造』一點，倒也無妨。」我沒有說過寫小說處處要憑「典故」、「鑽牛角尖」，我不懂你說可以「捏造」是指什麼？我是說寫歷史小說，應該百分之百的忠於史實，不可捏造，正如有人把李清照寫成一個比娼妓還風騷、浪漫、下流……的女人，這是侮辱了李清照，不知有多少人為李清照抱不平；像這種「捏造」，難道你贊成嗎？你認為要這樣描寫，才有藝術價值嗎？我想：除了搖頭說一聲「黃」外，是絲毫沒有藝術價值的！

三、你說，拙作裡面提到「處處都要親身經歷，是萬萬不可能的」，朋友，你誤會了，我即使再糊塗，也不會糊塗到這種地步，難道我們寫小偷，要自己也去做小偷嗎？男作家寫風塵女郎，你要他去變做女人之後再來寫嗎？我是贊成大仲馬所說的：「關於地理背景，我絕對不寫我沒有去過的地方。」

記得在馬來亞時，我曾經問過一位據他說到過臺北的人，我問他：「臺北最熱鬧的區域是什麼地方？」他回答：「忘記了。」「什麼路上的書店最多？」他說：「我沒有去買書，所以不太清楚。」「那麼你住在什麼街，總該知道吧？」「中山東路！」他毫不猶豫地回答我，請問：由這句話裡，你說他究竟到過臺北沒有？

還有一個例子，我在北平前後住了六年，知道有府前街、府後街、府右街，腦海中總以為一定還有條府左街。後來有一天，忽然看到一則新聞，有人問一位站崗的警察：「請問府左街在什麼地方？」警察指路回答：「北平只有府右街、府前街、府後街，沒有府左街。」那人把警察一槍打死了，原來他是個強盜，要掩護他的同黨通過這裡，故意借問路來殺他。

假如我們以北平的背景寫小說，說主角，或者配角住在府左街，豈不鬧笑話！

最後你問可以寫陌生的背景嗎？我的答覆是可以寫；但有一個條件：必須寫得像真的一樣，使讀者看了，絲毫看不出破綻來，那麼你的描寫算是成功了。

祝你

努力

謝冰瑩敬覆

怎樣修改自己的文章

親愛的同學們：

大家好。

收到楊松蔚同學來信，知道你們的刊物將要出版了，他希望我寫幾句話。

我想了好幾天，也不知道應該說什麼好。近來為了師大校慶，所有作文，各體文選習作都要參加展覽，因此同學們忙於寫小說，（我教三班小說習作）我也忙於修改。好，現在我就簡單地談幾句關於修改文章的話吧。

我經常收到青年朋友來信，問我：要怎樣才能使文章寫得好？我回答他們：

第一、多讀書；第二、使生活經驗豐富；第三、多寫；第四、仔細修改自己的文章。

現在就我的經驗來談談修改文章：

首先你要站在客觀的態度來修改自己的文章。所謂客觀，就是把你這篇文章，當做是別人寫的，你盡量吹毛求疵找它的缺點。

第二、嚴格。你的腦子裡，千萬不要存著文章是自己的好這觀念，你要捨得刪改，遇到有不要的形容詞，或者故事的結構不妥當，你可以整句整段，甚至整篇改寫。我生平最佩服那些虛懷若谷的作家，像托爾斯泰一連七次修改他的《戰爭與和平》；郭戈里為了朋友有睡午覺的習慣，聽他朗誦小說時睡著了，他誤會以為自己的文章不好，而把整部小說投進火爐。季薇先生老是謙虛，說他的文章寫不好，其實他的散文比詩還美。還有梁實秋先生在〈強迫出書〉一文裡，說他過去的文章，有些不能出書的，有兩家書店，不經他的同意，替他印出來，也不寄給他一本，真是太豈有此理了！我這裡不是專談這件事；而是佩服梁先生的雅量和謙虛。

三、修改文章要朗誦，光只用眼睛看，往往看不出錯誤來的，只有用口念，才發現「但是」、「不過」、「可是」、「了」字用得太多，或者應該寫「呢」的，也許寫成「嗎」？應該寫「了」的又寫成「啦」……諸如此類問題，非朗誦不可，特別是劇本和詩，更要朗誦，才能體會出是否口語化，是否有詩意。

本來只想寫幾句問候語的，一下筆又快千言了，真是太嚕嗦。

好，真的不多寫了，祝你們

精神活潑；

身體健康；

學業猛進！

謝冰瑩上

從投稿談起

——兼答周智健先生

在《中國語文月刊》二十六卷三期上面，拜讀了柯楓秋先生的〈投稿與退稿〉，非常欽佩！恰好桃園有位周智健先生前幾天來信詢問投稿的方法，索性也借本刊篇幅來做一個公開的答覆，因為想要知道投稿方法的青年朋友們太多了。

要使文章寫得好、有進步，投稿是一條最好的上進之路。平時你在課堂上的作文，只有國文老師或者少數同學看到，他們當著你的面前，自然只有讚美，說一聲「很好！很好！」而編輯先生的眼光就不同了。因為這篇文章一經發表，就有幾千幾萬人看到，假使不夠水準，讀者就會罵他：「這樣幼稚淺薄的作品，虧他也登出來！」因此編者取稿的原則，第一要合乎刊物的性質；第二內容充實，形式優美；第三，性質相同的作品，如果已經發表過的，就值得考慮了。

編者退還你的稿，你絕不能生氣，應該從頭至尾一字一句地朗誦一遍，可能發現裡面有錯字、重複的句子、重複的副詞、形容詞等，例如「可是」、「但是」、「但」、「然而」……往往太多，念起來很不舒服。

柯先生說，稿子被退回來，讓它躺在抽屜半年、一年，我以為時間未免太長了一點，一星期半月就夠了；重新改過幾次以後，可以改投其他報紙副刊或雜誌。

青年作家馮馮，在他還沒有成名的時候，曾經向臺北市的報紙副刊，投過幾十篇稿，都遭到退還；他絲毫也不灰心，索性用英文寫了向外國投稿。當他的〈水牛的故事〉，在奧國徵文當選後，他的聲名大噪，於是被退還的稿，又一篇篇地投了出去；這時他已成為國際知名的青年作家，再也沒有人退他的稿了，於是〈微笑〉、〈微曦〉……相繼出版了。現在他正在加拿大進修，一面在當地郵局工作，一面學音樂、寫長篇小說。馮馮是個再接再厲、刻苦奮鬥、從來不灰心的好青年；否則，他決不會有今天的成就。

現在我再舉三個例子：

菲律賓的名小說家康沙禮士，當他投稿的時候，因為家裡很窮，買不起打字機，往往要跑到十幾里地的朋友家裡去借；費了很多時間，改了又改，才打好一篇文章，懷著滿腔熱望地寄了出去，不到三天又被退回來了；但他從不灰心，接著又投到別的刊物上去，正是：「他退他的稿，我投我的稿。」結果，他成功了！

日本的女作家林芙美子，是一個連小學都沒有畢業的女孩子，完全由自修成名。當她投稿的時候，連郵費也沒有，車票也買不起，就親自步行走到報館；等她慢慢地一步步地走回家時，那篇稿子已經躺在她家裡的信箱，靜靜地在等候她來收回了。

朋友，試想一想，假如你和我遇到這種情形，還有再繼續投稿的勇氣嗎？也許沒有，早就灰心了！然而林芙美子非但不洩氣，反而更加努力繼續不斷地步行送稿去。後來，她心裡想：編輯先生不登我底文章的原因，一定是內容欠佳，或者文字不通，也可能兩者都有。於是她把自己可歌可泣的生活經驗，寫成《放浪記》（我國有崔萬秋先生的譯本）再送到《朝日新聞》去，編者看了大為感動：一來這位小姑娘已送稿來過很多次了，其志可嘉；二來《放浪記》是描寫一個女孩受盡了社會的磨折，始終沒有倒下，反而勇敢地站起來了。編者認為內容很好，只是文字欠通，他可以花點時間修改一下；於是寫信約她來談，看是否寫的是真實故事。她很坦白地回答：「這是我的自傳，百分之百是真實的。」編者非常佩服她的奮鬥精神，就為她潤色之後發表了；而且在按語裡，說她是一位將來最有希望的女作家。果然，一鳴驚人，《放浪記》發表不久，馬上出版商要求替她出單行本，電影公司收買版權拍電影。這些事，是她親口對我說的；而且送了好幾張電影票給我，希望我和朋友一塊兒去看；誰知我那晚就被捕入獄了——時在一九三六，四月十三夜。

林芙美子後來成了日本的名作家，她拿了《放浪記》的版稅去歐美旅行，回來出版兩部遊記，又有錢，又有名。當初若是受了退稿的打擊就停筆，怎會成功呢？

還有，法國的大作家巴爾札克，也是一個經常投稿不見發表的作家。他想：「這些編輯大概有眼無珠，看不起我的大作，我要自己辦個印刷所來印我自己的書，不受他們的氣了。」於是他向母親要了錢來，買紙買機器；沒想到印刷所辦成了，書也印出來了，竟沒有一個人買它。他自己開張大發，買了六本送朋友。過了很多天去書局詢問，還是他買的六本。當時他真是氣量了；但是回到家裡仔細一想，一定是自己的文章有毛病；要不然，怎麼沒有讀者呢？一定是我的文字太差，辭不達意，內容空洞，一無可取，所以才不受歡迎，從此他下決心要把文章寫好。幾年之後，他的《人間喜劇》出版了，轟動了歐洲文壇。《高老頭》、《從妹貝德》……等名著出版以後，他在文壇上的地位更高了。

還有很多例子，我也不必多舉了。今天要奉勸青年朋友們的是：稿子不妨多寫，寫完不要急於寄出去，自己先多念幾遍，看看有沒有不通的句子？有沒有錯誤的標點？有沒有重複的字？寄走了，你就忘了這回事，千萬不要急著天天看報，尋找自己那篇文章。有些人稿子寄走了，過了很久還沒有消息，又急著抄一份寄到別處去；等到有一天兩處都發表了，又要著急了，怕別人罵一稿兩投，取消了稿費。其實，這是件很簡單的事：你如果寄了回信郵票，編者不用就會退還的。

有人問我，投稿要不要寫信呢？我的答覆是：可以寫，也可以不寫。編者決不會因為你沒有寫信，而忽略你的大作；寫信時，可千萬不要寫錯別字。記得三十年前，我在西安主編《黃河》，曾經有人寫錯我的名字，編「輯」寫成編「緝」，「鈞」鑒寫成「鈞」鑒，不登他的詩❶，就來信痛罵一頓，這都是沒有學問、沒有修養的表現。如果要給編者寫信，千萬不要嚕嗦，以簡單明瞭為好。這

❶他的詩是：昨天下雨，／今天下雨，／不知道明天還下不下雨。

裡我且舉兩個例子：

其一　主編先生：

寄上習作，不知能為貴刊補白否？如不能用，敬請賜還為感。此請

撰安。

學生〇〇〇謹上

〇年〇月〇日

其二　主編先生：

奉上拙作，敬請斧正，如不能用，請付丙丁❷可也。此請

撰安。

〇〇〇上

〇年〇月〇日

第一個例子，是付了郵票的，希望退稿；第二個例子，是沒有郵票，不希望退還的；不過，最好每篇文章都留底稿，將來你成了名作家之後，這些都是最寶貴的資料。

最後，還要特別說明一點：文章的內容一定要抄寫清楚，不可寫錯字，如果編者一看你把最簡單、常用的字都寫錯，他就沒有興趣仔細拜讀你的大作了。

❷丙丁屬火，就是付之一炬的意思。

寫稿？離婚？

立人女士：

從文協的歡迎茶會回來，收到你的限時信，我讀了一遍又一遍，一連三次，我都不忍釋手。我忘記了做晚餐，手裡握著你的信，坐在沙發上，我竟像一個呆子，不知要怎樣回答你才好。我知道，你是希望我快點給你答覆的；而又再三囑咐我千萬不要把你的信公開，也不要寫出你的真姓名，感謝你對我的信賴，你將一切真實的家庭生活告訴了我，你要我為你解決一個大問題，老實說：這個問題，恐怕連大法官也解決不了，所謂「清官難斷家務事」，何況我是一個大笨人。

立人女士，你現在處在不自由的環境裡，連接信也不方便。(因為你說，你的信，丈夫都要拆閱的) 我真希望有一天能和你見面，把我要對你說的話傾訴個痛快，在信上，老實說，有些話是不能盡情說出的，多少有些顧慮；何況寫信根本沒有當面傾談的自由，方便。

為了把握時間起見，先把你來信的要點提出來，然後寫出我的意見。

你說：你的先生是一個月入千餘元的小公務員，一家六口，實在很難維持生活，因此你才想到投稿，每月能收入五、六百元，好貼補家用，有時為丈夫兒女添幾件新衣；有時給他們每天加一個雞蛋，你是這麼辛勞，在打發丈夫兒女上班、上課之後，整理好家，洗完了衣服之後，就開始你的閱讀與寫作生活，你說：

「這是我最快樂，最自由的時間，我可以看我高興看的書，寫我喜歡寫的文章；可是問題發生了，一連三次我燒焦了菜，煮糊了飯，我把全副精神放在寫文章上面，結果，腦子裡忘記了廚房的事，我挨罵了，丈夫像法官審問犯人一般對付我，生來我就沒有說謊的習慣；尤其這件事丈夫早已知道，也不容許我有別的理由解釋。」

立人女士：看到這裡，我已經猜出下文來了，用不著看完來信，就知道是怎麼回事了，一定是你的先生不許你再寫文章，要你放下筆，一心一意做個家庭主婦，做個模範的賢妻良母；而你呢？你捨不得拋棄你的文藝生涯，你說：

「感謝文藝，它使我在苦悶、煩躁、空虛的環境裡有了安慰，有了寄託。過去我在中學時代就愛上了文藝；而且也曾經在報紙副刊上投過稿，丈夫不是不知道，他和我結婚十五年了，我們有兩男兩女。起初十年，我們的生活雖然很苦；但我靠著寫稿、車繡，也能負起一半責任。後來我覺得寫稿比車繡的出路要大，所以將大部分時間，犧牲在填方格子裡，我用過的筆名很多，在這裡恕我不能告訴你。

「我的大女兒，常常在《國語日報》上投稿，家庭版也是我投稿的地盤。她很懂事，每次當她的父親，對我發脾氣的時候，總是幫著我，為我打抱不平……

「近來，外子的脾氣越來越變得古怪了，他不能看見我寫稿，一看見就罵：『寫！寫！寫！整天就只知道寫，告訴你，你那個笨腦筋，下一輩子也不要想成為作家，你以為作家這麼容易，隨便在報紙雜誌上發表幾篇似通非通的文章，就是作家嗎？不要做夢了！臺灣的女作家那麼多，有些都像你一樣幼稚淺薄……。』

「先生，這一次我真光火了，和他大吵起來：他儘管罵我；但不應該牽扯到別的女作家；尤其不應該罵人家。我氣極了，我回答他：『寫文章總比出去打牌好吧？你如果討一個整天打牌，好吃懶做的老婆，怎麼辦呢？』『哼！怎麼辦？我早就和她離婚了！』

「現在到了最嚴重的階段，僅僅為了他不許我寫文章，提出了離婚的條件。他說：『你要完全聽我的話，做一個安守本分的好主婦，放下你的筆；要不然，你先和我離婚。』冰瑩先生，請你回答我，處在這種情形之下，我應該怎樣處理我的生活？是繼續寫我的文章呢？還是真的和他離婚呢？」

立人女士：看到這裡，我不覺笑起來，我以為你的先生太小題大做了，寫文章又不是交男朋友，根本不妨礙你們的愛情，不妨礙你們的家庭生活，怎麼會和離婚扯在一起呢？他的理由是你寫文章耽誤了家事；自然，最大理由是你把飯煮糊了，菜燒焦了，老實說，我也有過好幾次這樣的經驗，也曾挨過罵；但我沒有你的嚴重。在這裡，我順便告訴你另外一位朋友的遭遇：她沒有生育過，家裡只有她和丈夫兩人，丈夫上班之後，她就在家看書、寫稿子，照理，他們應該過得很好；沒想到先生不贊成太太寫文章，理由是「亂世文章不值錢」，即使有一天成為作家，也沒有什麼意思。他希望妻子做一個純粹的家庭主婦，一點社交活動也不許她參加，結果兩人由小吵而大鬧，由大鬧終於分居了！朋友們都替他們感到難受，認為他們是最理想的一對，不愁吃，不愁穿，又沒有兒女的拖累，誰知也發生了悲劇；可見俗語說的「家家有本難念的經」真是一點不錯。

這故事並沒有完，三個月之後，他們又和好如初，破鏡重圓了。丈夫一個人過日子，覺得太單調、太無聊，忙了一天回來，還要自己燒飯吃，未免太辛苦了，於是他主動地去請太太回來；而太太的條件是：「回來可以；但此後不許干涉我寫文章。」

丈夫答應了，太太也就高高興興地回來了。

關於你的問題，我想還沒有到他們的嚴重階段。第一步，你應該好好地用婉言向他解釋，寫文章並不是壞事，是件好事，非但可以增加生產，而且可以陶冶性情，增長學識。第二步，你把稿費存起來，有了相當數目的時候，可以買個電鍋來，就不會把飯煮糊或燒焦了，何況飯上還可蒸菜、蒸蛋呢。

第三步，千萬不要在他下班之後寫稿。因為他辦了一整天公，希望回來得點家庭的溫暖，妻兒的安慰。孩子們吃完飯，也許做功課去了，只有你這時能陪他聊聊或者下幾盤棋；假若吃完飯，你只顧埋頭寫作，也不和他說一句話，自然會引起他的反感，怪不得他要你拋棄筆桿了。

第四步，他假若喜歡抽煙、喝酒的話，你拿到了稿費，不妨送幾包煙給他抽，買幾瓶酒給他喝，以他最喜愛的來收買他的心，也許可以消滅他一點憤怒。

立人女士：老實說，我是不贊成你們離婚的，你們的孩子這麼多，怎麼可以輕言離婚呢？沒有父母的孩子，是多麼可憐啊！不論孩子歸你帶，或者由他撫養，失去了母愛或者父愛任何一方面，都是不幸的！立人女士，千萬不要胡思亂想了，沒有經過離婚來的人，是絕對不會了解其中的痛苦滋味的。

你問我：要怎樣才能使你丈夫不罵你，不反對你寫文章？我想：唯一的方法，是當他不在家的時候，你就拚命寫文章；他回來了，你就像隻小貓似的偎依在他的身旁，多做家事，少摸書本；多愛護小孩、管教小孩，把家佈置得乾乾淨淨，井井有條，這麼一來，他還有什麼可罵的呢？萬一他還要無理取鬧，你就不要太軟弱了，如果你百依百順，完全沒有你的主張，一切服從他，隨他怎麼罵，怎麼欺負你，你絲毫也不反抗，那麼他就會得寸進尺地壓迫你了！

我認識一個朋友，她是天下的第一等好人，丈夫剛好和她相反，自私自利，一點也不顧家。三個孩子，完全靠太太做工來維持生活，他是個無業游民，好吃懶做，喜歡吹牛，旁觀者都替她抱不平；但她一點也不後悔，她說：「這是我前世欠他的，這一輩子應該還他，我再苦十年就熬出來了。」她的性情特別溫柔，也很達觀，我們都佩服她。每天她喝稀飯，啃兩個硬饅頭，吃點鹹菜；卻為丈夫兒子買魚、買肉，一部破縫紉機，通夜噠噠噠地為他人做嫁衣裳，自己骨瘦如柴，丈夫兒女吃得又白又胖，朋友，她真是位偉大的女性，有充分的犧牲精神。

我上面舉了兩個例子，無非勸你忍耐，不要難過；更不可灰心喪志！看在孩子們的身上，你要忍受目前的艱難痛苦，特別是你先生的氣，你要默默地吞下肚裡去，不可和他吵鬧。我不贊成你放棄寫作，因為凡事熟能生巧，你經常寫，文思會源源而來，下筆千言，毫無困難；倘若你隔了一年半載之後，再從事寫作，那支筆不知有多麼重，寫出來的句子，也會生硬乾澀，我不但勸你不要放棄寫作，而且要奉勸你擴大寫作題材的範圍。社會上不知有多少不如我們的人，他們在生活線上掙扎，我們要寫出他們的遭遇，忘記自己的痛苦，人活在世界上，只有短短的數十寒暑，我們總要多替社會做點事情，才不冤枉來到人間一趟。從你的來信中，可以看出你是個最善良，最富於感情，最熱愛國家民族的女性，你不能放下筆，好容易走上了這條艱鉅的寫作之路，只有更英勇，大踏步地走上前去，豈有開倒車之理？

有時我也真替我們女人感到悲哀，要是自己的丈夫是作家，太太一定會好好侍候他，讓他安心地去寫，絕不會責備他，更不會用離婚做條件禁止丈夫寫文章；然而反過來，就不同了，太太寫稿，丈夫就要和她離婚，這真是天下的奇聞，古今所沒有的。

說了這許多，想來你一定明白了，我勸你千萬不要和你的先生吵架。所謂大智若愚，他發脾氣時，你千萬不要去頂撞他；等到他恢復原態時，你再輕言細語地把你要解釋或要他反省的話說出來，這樣，兩人沒有衝突，也就沒有煩惱了。

這封信我寫了又停，停了又寫，我有許多重複的話，我相信你會看出我一片苦心來。古語說：「家和萬事興。」一個融融洩洩的家庭是一團和氣，沒有爭吵的，請你拿出真純的愛出來愛你的丈夫和你的兒女；還要愛朋友、愛鄰居、愛國家民族、愛全世界善良的人民。

我常說，我們這一代的人，是犧牲品，從小我就看到過戰爭的殘酷，一顆被北洋軍閥砍下來的頭顱橫在路上，我踏著他摔了一交，他的眼睛並沒有閉，至今我還彷彿看到他那一對可怕的眼睛；後來又經過北伐、抗戰、戡亂，一直到今天，我們不都是在逃難嗎？

說這一段話的意思，是勸你凡事要想得開、想得遠，不要老把自己的不幸放在心中；而要多替別人想想，多替祖國的苦難想想，真的，個人的一點點不如意的挫折，又算得什麼呢？

夜深了，我的眼睛已模糊不清，頭也有點暈，明天一大早就有課，朋友，再談吧，祝你忍耐，堅強！